O brasileiro voador

Outras obras do autor

MOSTRADOR DE SOMBRAS
UBE/Amazonas e Editora Sérgio Cardoso
GALVEZ IMPERADOR DO ACRE
Edições Governo do Estado do Amazonas. Editora Record, 2001
LEALDADE
Editora Marco Zero. Editora Record, 2001
A EXPRESSÃO AMAZONENSE
Editora Alfa-ômega
OPERAÇÃO SILÊNCIO
Editora Civilização Brasileira
TEATRO INDÍGENA DO AMAZONAS
Editora Codecri
FEIRA BRASILEIRA DE OPINIÃO
Editora Global
MALDITOS ESCRITORES
Movimento
MAD MARIA
Editora Civilização Brasileira. Editora Record, 2002
TEM PIRANHA NO PIRARUCU
Editora Codecri
A RESISTÍVEL ASCENSÃO DO BOTO TUCUXI
Editora Marco Zero
A ORDEM DO DIA
Editora Marco Zero
O PALCO VERDE
Editora Marco Zero
A CONDOLÊNCIA
Editora Marco Zero
O EMPATE CONTRA CHICO MENDES
Editora Marco Zero
BREVE HISTÓRIA DA AMAZÔNIA
Editora Marco Zero
A CALIGRAFIA DE DEUS
Editora Marco Zero
ANAVILHANAS, O JARDIM DO RIO NEGRO
Editora Agir
TEATRO COMPLETO – VOLUMES I, II E III
Editora Marco Zero
SILVINO SANTOS, O CINEASTA DO CICLO DA BORRACHA
Edições Funarte
PARQUE DO JAÚ
Editora Agir
FASCÍNIO E REPULSA
Edições do Fundo Nacional de Cultura
ENTRE MOISÉS E MACUNAÍMA
Editora Garamond, com Moacyr Scliar
DESORDEM
Editora Record
REVOLTA
Editora Record
O FIM DO TERCEIRO MUNDO
Editora Marco Zero. Editora Record, 2007

Márcio Souza

O brasileiro voador

EDITORA RECORD
RIO DE JANEIRO • SÃO PAULO
2009

CIP-BRASIL. CATALOGAÇÃO-NA-FONTE
SINDICATO NACIONAL DOS EDITORES DE LIVROS, RJ

S713b   Souza, Márcio, 1946-
         O brasileiro voador / Márcio Souza. – Rio de Janeiro: Record, 2009.

         ISBN 978-85-01-07902-2

         1. Romance brasileiro. I. Título.

                                CDD: 869.93
08-1757   CDU: 821.134.3(81)-3

2ª edição (1ª edição Record)

Copyright © 2001 by Márcio Souza

Capa: SÉRGIO CAMPANTE

Texto revisado segundo o Novo Acordo Ortográfico da Língua Portuguesa

Direitos exclusivos desta edição reservados pela
EDITORA RECORD LTDA.
Rua Argentina 171 – 20921-380 Rio de Janeiro, RJ – Tel.: 2585-2000

Impresso no Brasil

ISBN 978-85-01-07902-2

PEDIDOS PELO REEMBOLSO POSTAL

Caixa Postal 23.052 – Rio de Janeiro, RJ – 20922-970

EDITORA AFILIADA

Romance mais-leve-que-o-ar
E novela de entretenimento,
Contada com discreta inflação de sentimentos
E profusão de imagens e metáforas,
Onde os leitores conhecerão
As desventuras de um brasileiro chamado
Alberto Santos Dumont,
E de como um dia ele voou por sua conta e risco.

"Nobody will fly for a thousand years!"

WILBUR WRIGHT

Este livro nasceu como argumento para um filme. Nunca pretendeu ser a biografia definitiva, oficial e inconteste de Santos Dumont. A verdade é que eu não tinha muita simpatia pelo protagonista. Ao ser apropriado pelo culto militar, Santos Dumont se transformou numa figura insossa, símbolo de um patriotismo medíocre e ressentido, tipicamente brasileiro, uma espécie de semideus franzino e amarelinho, injustiçado apenas por ter nascido nesta terra de carnaval e bonomia. Enfim, uma daquelas histórias exemplares que sempre estão a nos enfiar na cabeça, apenas para confirmar que nascemos para ganhar e não levar.

A verdade é que esse patriotismo vesgo fez a Santos Dumont coisa bem pior do que os pombos costumam fazer, sem a menor cerimônia, nas estátuas dos ilustres espalhadas em praça pública.

Ainda bem que os pombos não se enganam.

De resto, a responsabilidade é toda minha.

Sumário

Parte I
O PRODÍGIO DO MUNDO OCIDENTAL
OU UM FAZENDEIRO DO AR NA GÁLIA
(1893-1902) (COM PASSAGENS EM 1932) 13

Parte II
AS AVENTURAS DE DUMONT-DAEDALUS
OU QUINCAS BORBA EM COMBRAY (1903) 75

Parte III
OS INFORTÚNIOS DE QUINCAS BORBA
OU DUMONT-DAEDALUS NO LABIRINTO (1903-1906) 175

Parte IV
A DEMOISELLE DE DUMONT-DAEDALUS
OU A VITÓRIA DO DR. BACAMARTE (1907-1932) 245

Parte I

O prodígio do mundo ocidental
ou
Um fazendeiro do ar na Gália
(1893-1902)

(Com passagens em 1932)

"E foi subindo, foi subindo acima
No azul do céu da tarde que morria,
A ver se achava uma sonora rima..."

MACHADO DE ASSIS

República Velha

Ateou fogo aos papéis que guardava. De fazer inveja ao Rui Barbosa que lançou às chamas os documentos da escravidão. Foi em 1914. Alberto já estava muito doente. Os franceses, em pânico com os boches nos calcanhares, tomaram o brasileiro por um espião alemão. Todo chauvinismo é míope. E ele resolveu negar ao futuro aquelas migalhas com as quais reconstroem-se pobremente os mortos. Cartas, diários, projetos, tudo ardeu. Ficou a condenação brasileira ao impreciso. Alberto acabara de virar mais um capítulo da desinformação nacional.

O cinematógrapho Lumière

Ficou o janotinha enfezado das fotografias e o tipo ambíguo das biografias pernósticas. Um excêntrico sob a lupa da psiquiatria lombrosiana. Curioso e ingênuo. Mais um chato no panteão da chatice nacional.

Homem de ação, a ação talvez o restaure. No écran de uma sala escura e em som Dolby Stereo.
Cavalheiro da belle époque, a narrativa vertiginosa talvez o resgate. Na irreverente especulação da ficção.
Ao queimar os papéis, ele permitiu todas as liberdades.
Melhor decifrar a ação que mergulhar nas cinzas da reflexão.

Cinematógrapho II

O romance vai começar.
O herói apanha uma gravata e vai ao banheiro. De robe de chambre.

Pauliceia Desvairada

Morreu no banheiro de um hotel de luxo, na praia, em Santos. Uma bela manhã de 23 de julho, em 1932. Os paulistas estavam rebelados desde o dia 9, contra o regime de Getúlio Vargas. Arrufos da elite, sabe-se. No mesmo dia um homem entrou esbaforido no gabinete do chefe da revolução. Era gordo, poeta e tira. Um outro homem gordo, vesgo e general, com ar de arruaceiro de cervejaria alemã, o recebeu contrafeito. O poeta-tira chamava-se Emílio de Menezes. O de cara de beberrão inconveniente era Bertoldo Klinger, que mais tarde iria tentar reformar outra coisa que o irritava profundamente além da democracia: a ortografia da língua portuguesa. O gordo das musas de distrito, ignorando a rispidez do general, foi logo contando da tragédia. Alberto Santos Dumont, orgulho da pátria, acabara de cometer suicídio. O general detestou saber que o alucinado inventor escolhera matar-se logo em plena revolução, ainda mais no banheiro de um hotel. Coisa mais suspeita matar-se num banheiro. Sabia que o suicida padecia de destelhamento do juízo, metia-se onde não era chamado e não andava ultimamente comportando-se como uma glória nacional. Assim, antes que o caldo entornasse e a honra da pátria acabasse respingada, ordenou que fosse suspenso o inquérito policial e, da mesa de autópsia, saísse um cadáver com morte honesta e sem equívocos, como devem ser as mortes de grandes patriotas. Era evidente que Alberto Santos Dumont, se abilolado não se encontrasse, jamais cometeria gesto tão impensado. Homens como ele morrem na cama para a consternação dos justos e exemplo à juventude. Então, para arrematar, ordenou que, nos comunicados distribuídos à imprensa, fosse suprimido um outro inconveniente biográfico. O homem morrera celibatário. Morrer solteiro, sem deixar viúva e numerosa descendência! Como, no futuro, os mestres iriam explicar a solteirice do herói sem despertar suspeitas entre os pubescentes alunos? Melhor esquecer detalhe de somenos importância.

E assim foi feito.

Canção do exílio

Mal pertencia àquela terra e arriscava a se sentir um exilado. Dezoito anos completos e carta de emancipação na bagagem. Como renda, a sua parte na herança de três milhões de dólares da fortuna do pai, aplicada criteriosamente em ações e outros investimentos.

Primavera de 1893.

Alberto chegou a Paris no mesmo ano em que, já rechonchudo e matreiro, Getúlio Vargas completava dez anos. Não sabia que ao morrer causaria tantos contratempos e espalharia tantos mistérios. Seu atestado de óbito levou 24 anos para ser expedido e assim mesmo o suicídio não aparece no documento. O atestado de óbito de Vargas, expedido no Rio, diz como o caudilho encontrou a morte: suicídio.

Minha formação

Antes que os mais maldosos fiquem ruminando coisas, vou logo esclarecendo que os investimentos de Petitsantôs estavam todos no Brasil.

E ele fez tudo o que fez com esses investimentos.

A estatura de Beau Brummel

Foi hospedar-se na casa dos parentes Dumont.

Digamos que os primos morassem no XVI arrondissement. Ali Alberto foi hospedar-se como bom rapaz que era. Mas os primos não devem ter guardado as melhores recordações de sua passagem. Sua discrição foi confundida com orgulho, sua economia de palavras com rispidez. E como se não bastasse trazer seus próprios lençóis de algodão do Seridó e seus ternos cortados em alfaiates da rua Direita, demonstrou solene desprezo pelo ritual acadêmico, esnobando a Sorbonne. Contratou um "météque" chamado Garcia como professor particular e frequentou como ouvinte a Universidade de Bristol.

La gran via

O professor Garcia estava desempregado e ouvia o senhorito sul-americano explicar que seus estudos não teriam uma finalidade meramente ilustrativa. Não pretendo ser mais um homem de sociedade com verniz de cultura vaga apropriada aos salões, dizia o senhorito. O professor suava frio com o pragmatismo do aluno. Aquele emprego tinha que ser seu, mesmo com a obrigação de lecionar Física, Eletricidade e Química, matérias não exatamente populares no Bois de Boulogne. Perguntou se o jovem pretendia ser da indústria, e recebeu uma resposta evasiva. Foi contratado.

A Ilha dos Pinguins

Um novo esporte trazia ao Parc des Princes os jovens mais ousados. Mas só ousadia não bastava, era preciso ser muito rico. Um Roadstar Peugeot custava F$ 25.000, um Gottlieb Daimler F$ 12.000 e um Panhard et Lavassor F$ 32.000. Sem contar o mecânico permanentemente a postos e os consertos depois de cada corrida.

Alberto comprou um Roadstar Peugeot e enturmou-se a 16 por hora. Dispensava o mecânico porque sabia tirar as luvas brancas e mexer nas complicadas geringonças. Os jovens barões, os herdeiros de indústrias e os filhos de banqueiros ficavam sem saber se invejavam ou desprezavam a habilidade manual do sul-americano nanico e enfarpelado. Acabaram por aceitar a excentricidade como fruto de uma origem exótica. E Alberto transformou-se no popular Petitsantôs.

Só o professor Garcia parecia discordar da extravagância. Se o aluno sofresse um acidente, quem mais lhe pagaria 2 mil francos mensais?

Costumes e moral do alto capitalismo

No Roadstar Peugeot ele corria a 16 km por hora nas estradas cercadas de ciprestes do vale do Marne. Comprou uma voiturette De Dion que podia desenvolver até 35 km por hora. As banhistas de Nice ficavam encantadas.

Como ele é baixinho, comentavam as medinettes a oferecer violetas aos transeuntes da rue du Temple. Passou a usar ternos listrados na vertical para ficar mais longilíneo. Ainda assim, apostando corridas de charretes puxadas a avestruz, ouvia comentários sobre a sua pequena estatura. A um renomado artesão da rue de Turbigo ele encomendou botinas para ficar cinco centímetros mais alto. Os franceses continuaram a olhar o brasileiro de cima para baixo. O problema não era de estatura mas de latitude.

Um dia o diretor do Parc des Princes proibiu as corridas de triciclos. Petitsantôs andava patrocinando e protestou contra a medida. O diretor era um homem prudente e achava que o velódromo não tinha sido construído para jovens desmiolados se destroçarem. O sobrinho do conde de Maturin perdera a vida, o neto do marechal Bobineaux estava paralítico e o irmão mais novo do visconde de Parma, do Crédit Lyonais, estava num hospital com grave fratura exposta.

Petitsantôs tentou alugar o velódromo e assumir a responsabilidade. O diretor perguntou quem ele era, para alugar o velódromo. O herdeiro de um império farmacêutico, que adorava a velocidade mais do que a venda de vermífugos, estranhou a pergunta. Como então o diretor não sabia quem era Petitsantôs? E era importante saber quem ele era? Evidente, respondeu com arrogância o diretor. O Parc des Princes era frequentado pela melhor sociedade de Paris e não era qualquer um que podia alugá-lo. Era pelo menos francês o impetuoso jovem?

Não, não era. Talvez meio francês. E o diretor vetou as corridas por não saber o que significava ser meio francês.

A teoria das classes ociosas

A riqueza de Alberto vinha da terra. De uma fazenda de café em Ribeirão Preto, São Paulo. Os Santos Dumont do sul tinham se civilizado há mais tempo que os Vanderbilt do norte. Eram refinados, aristocráticos e esclarecidos. Os rebentos femininos da família não precisaram procurar tradição na bolsa de nobres disponíveis e insolventes de Cap Ferrat. Era natural o desejo de Alberto em privar da intimidade dos melhores salões. Mas os Dumont nativos, do apartamento do XVI arrondissement, no recato de uma longa vivência no trato de pedras preciosas, tomavam o desejo do primo como uma deplorável manifestação de lazer ostensivo.

O professor Garcia, que era obrigado a subir cinco andares até a água-furtada alugada num prédio em Barbés, e jantava sopa de repolho o ano inteiro, concordava. Para ele, mandar confeccionar botinas de plataforma era sinal de consumo ostensivo. Uma manifestação tão primitiva quanto a mania da Sra. Stuyvesant de oferecer banquetes para os cães de raça das amigas.

Os Dumont nativos jamais quiseram ser na França mais do que sempre foram. O Dumont estrangeiro estava às voltas com problemas de estatura.

Consumo ostensivo

Como dar um banho de champanha em sua amante? Todo cavalheiro de fino trato sabia que 12 garrafas eram suficientes para encher uma banheira.

Lazer ostensivo

Como divertir-se a valer e causar forte impressão aos amigos? Os cavalheiros de fino trato sabiam que bastava perder enormes somas no Cassino de Monte Carlo.

Darwinismo social

Paris era uma festa.

O casamento entre um arruinado aristocrata inglês e uma rica herdeira americana podia render até dez milhões de dólares. As bodas de um fidalgo espanhol remediado saía por cinco milhões de dólares. Linhagens da Europa Oriental podiam receber até um milhão de dólares. Agora, um magnata brasileiro no máximo servia de parte cômica nas operetas de Offenbach.

Sem vocação para o teatro e percebendo que a corrida de triciclos não ajudava, Petitsantôs sentiu-se frustrado.

Embarcou seu Roadstar Peugeot e voltou ao Brasil.

Os primos Dumont folgaram. O professor Garcia entrou em pânico.

Os sertões

Alberto quase morreu de tédio naquele Brasil fascinado pelo primitivo. Ele, que trazia o primeiro automóvel a circular no país, atravessava o viaduto do Chá sob a completa indiferença dos transeuntes. Ninguém brindava o Roadstar com a mesma centelha de interesse que iluminava os olhares frente a uma foto de Antônio Conselheiro.

Em todas as conversas, Canudos era o assunto. Alberto não conseguia entender como um grupo de sertanejos famintos e maltrapilhos tinha sido capaz de fazer baixar a cotação de certas ações brasileiras na Bolsa de Nova Iorque e resistir ao mesmo tempo contra sucessivos ataques do exército.

Nos momentos de saudade, ele sonhava com os campos de Ribeirão Preto e a terra roxa produzindo riqueza. A terra roxa de Ribeirão Preto era o Brasil para ele, como, às vezes, o Brasil era o gesto perdulário de algum jovem amazonense a gastar o lucro dos seringais na rue du Temple.

Resolveu regressar a Paris.

Leitura de bordo

No Rio, antes de embarcar, procurou um livro de aventuras para ler durante a travessia. Comprou *Andrée au Pôle Nord*, de Lachambre e Machuron. Uma aventura real que custara 65.000 coroas suecas a Alfred Nobel e a vida de Salomon August Andrée, aeronauta congelado na Ilha Branca.

Gare d'Orleans

Uma noite de frio outonal e ele voltava a ser Petitsantôs. Se os brasileiros teimavam em olhar por sobre o seu Roadstar em direção a Canudos, o problema não era seu. Durante a viagem, lendo o livro que narrava a trágica busca do Polo Norte em balão, Alberto parecia ter encontrado finalmente o seu destino. Um homem de coragem confiara no vento e deixara arrastar-se para o norte gelado da Terra. Desaparecera talvez para sempre por entre as tremendas procelas da região ártica. Havia gente como o sueco Salomon August Andrée, e era esse tipo de gente que ele admirava. Desde criança preparara-se para aceitar esses desafios. Na fazenda de Ribeirão Preto gastara sua infância lendo Júlio Verne e imaginando como escapar das limitações impostas pela prosperidade do café. Desde cedo ele aprendera que a riqueza da terra prendia o homem à terra. E ele não queria estar preso a nada.

Visto de residente

Uma vez, quando ele tinha 16 anos e estava em Paris com os pais, tentara subir num balão. A brincadeira teria lhe custado F$ 4.000, um bocado de dinheiro mas não uma quantia inacessível para o filho de um abastado plantador de café. O seu lado de mineiro prudente suplantou a curiosidade paulista. E Alberto, paciente, decidiu esperar uma outra oportunidade. Para dizer a verdade, os progressos da aerostação eram decepcionantes. Nada do que imaginara estava acontecendo, o balonismo continuava nos velhos marcos anteriores ao dirigível a vapor de Henry Giffard.

Naquela mesma semana de 1897 ele decidiu procurar a oficina de Lachambre e Machuron. Estava maduro para subir num balão.

Usina

Lachambre estava espantado com os quatro mil francos anteriormente cobrados ao gentil monsieur brasileiro. Para uma subida de três a quatro horas ele cobrava apenas duzentos e cinquenta francos. E o preço incluía a volta do balão por estrada de ferro e uma razoável margem de lucro.

E quanto a risco de acidente, dizia Machuron, o balão era seguro.

Fecharam o negócio e o gentil monsieur brasileiro pagou adiantado com notas estalando de novas, recém-retiradas do banco.

O gentil monsieur deixou a oficina transfigurado. Os velhos baloneiros conheciam aquela expressão.

No dia seguinte, bem cedo, eles levantariam voo do Parc d'Aerostation.

Pequeno almoço no céu

Meio encoberto pela neblina da madrugada, segurando uma cesta de comida e trajando um elegante costume de caça, o gentil monsieur brasileiro observa com o máximo de atenção o trabalho de Lachambre e Machuron.

Uma cinzenta e poderosa esfera toma forma e se ergue do chão, dominando o ouro pálido das árvores outonais. Preso ao chão por amarras, o gigante balança os seus 750 m^3 sob a brisa da manhã.

Hora de partir, diz Lachambre, em terra, segurando a corda-guia.

Com a ajuda de Machuron, o gentil monsieur instala-se no cesto.

Soltem tudo, grita Machuron no comando do balão.

O gentil monsieur brasileiro, então, parece leve como um grão de poeira.

E o chão se afasta.

Monsieur arregala os olhos miúdos.

Sente-se bem? quer saber Machuron.

Monsieur não responde.

As árvores tornam-se arbustos fuliginosos e a grama uma pastosa camada de verde-escuro que se distancia. No horizonte, tudo é miniatura.

A aldeia de Puteaux e seus telhadinhos de ardósia, fiapos de fumaça evolando das chaminezinhas de pedra, o relampejar suave da tímida luz solar a reverberar nas vidraças, as ruas de paralelepípedos quase por despertar na letargia da despedida da noite. A lânguida dissipação do amanhecer na transparência do ar matinal.

Uma nuvem passa, e a temperatura declina. O envoltório do balão sofre um resfriamento e adeja, ameaça murchar...

E quer regressar, célere, à terra.

Machuron grita e sua voz também soa sem peso, um som incorpóreo que parece encobrir a urgência da ação que ele reclama. Vamos, monsieur, depressa, os sacos do lastro. É preciso despejar a areia desses sacos.

Monsieur faz o que lhe mandam, mas sem romper a sensação inefável que o arrebata. Os sacos são esvaziados e o balão torna a subir, imprimindo ao estômago um imponderável desconforto.

Mais alto, mais alto, e a beleza da insignificância das coisas da terra assalta monsieur. Ele ofega, está excitado e o oxigênio é rarefeito naquela altura. Seu rosto está corado, as narinas delicadas se dilataram. Suas pequenas mãos de cavalheiro fino agarram-se com firmeza na beirada da cesta.

Tangido por uma corrente de vento que não se denuncia, o balão aproxima-se de outra aldeia. É Nanterre, com o seu campanário cheio de ninhos de cegonhas e telhas de madeira cobertas de betume. O sol agora perdeu a delicadeza do amanhecer, rompeu o nevoeiro matinal e ilumina a aldeia com firme resplendor outonal.

O relógio do campanário marca as horas. É meio-dia.

Vamos almoçar? convida Machuron.

Monsieur volta-se resignado para o veterano baloneiro. Pensar em comer num momento como aquele é quase uma impiedade. Mas ele apanha a cesta e retira guardanapos e uma toalha. Machuron arma uma mesa dobrável e nela estende a toalha, para logo ver o cardápio escolhido pelo refinado passageiro: fatias finas de rosbife e de galinha, ovos cozidos com geleia de carne, diversos queijos, sorvetes, frutas da estação, bolo de nozes, café e uma Veuve Cliquot porejando, sem falar na garrafa de Chartreuse rebrilhando no fundo da cesta.

Vendo que monsieur hesita em iniciar a refeição, Machuron procura tranquilizá-lo.

Não tema ficar mais pesado após o repasto — que parece delicioso —, pois estará apenas transferindo da mesa para o estômago o peso das iguarias, sem que o equilíbrio seja rompido.

Monsieur, no entanto, limita-se a servir o champanhe.

E levanta um brinde ao inusitado da refeição — porque nenhum restaurante do mundo poderia ser tão maravilhoso.

Quando os goles de Chartreuse desciam pela garganta, o balão começou a ser arrastado em direção a Carrière-sous-Bois, onde nuvens roçavam no copado das árvores. Jatos de vapor em ebulição passavam por eles como cascatas de chamas congeladas, depositando delicados cristais de neve sobre as roupas. A quietude estava rompida, a oscilante trajetória agora era uma corrida ao encontro das nuvens mais escuras que pairavam sobre o bosque. Machuron observa atento. Monsieur mostra-se curioso e alerta. Então, o sol, o bosque e a terra desapareceram. O balão havia penetrado no território de branca luminosidade difusa das nuvens mais densas. O rosto de Machuron perde a saudável cor sanguínea e ganha uma tonalidade etérea. Monsieur, com a visibilidade reduzida, olha as próprias mãos agarradas no cesto. As mãos também ficaram etéreas, luminescentes, e úmidas.

Com destreza, Machuron esvazia mais alguns sacos de areia e o balão ultrapassa rápido o manto de nuvens que encobre o bosque. Nada mais pode ser visto e o mundo é agora um planeta gasoso, com seu dorso de vapor em perene mutação de formas. A sensação de paz é magnífica e o silêncio ganha uma textura jamais suspeitada. No espaço o silêncio é concreto, é a única coisa a ter peso e consistência.

Mas ali em cima nada é constante. Logo as nuvens desvelam as árvores do bosque e o balão desliza suavemente, quase tocando a galharia semidesfolhada. Machuron abre um mapa e confere a posição. Uma simples constatação, gesto simples do orgulho humano, porque o balão despreza a vontade dos homens para se submeter apenas aos caprichos do deus Éolo.

Um tremendo solavanco joga no fundo do cesto Machuron e o passageiro. A corda-guia, que vinha pendendo do balão, a se arrastar pelo bosque, prendera-se a uma árvore. Machuron levanta-se e procura libertar a corda-guia. Trabalha com rapidez e pela primeira vez parece muito preocupado. Uma vez preso, o balão já não pode atender os desejos do vento e sofre as consequências. O envoltório balança erraticamente, sacudindo o cesto de maneira selvagem. Machuron, equilibrando-se como pode, sacode vigorosamente a corda-guia.

Finalmente, a corda-guia se liberta. E o balão dá um salto vertiginoso para o alto.

Machuron, cambaleando, lança-se para as válvulas.

Monsieur, calmamente, toma as válvulas e solta o gás com uma perícia de veterano. Precisamos equilibrar ou explodiremos, grita Machuron.

O envoltório começa a murchar e a perder a rotundidade. O voo terminou, grita Machuron. Certamente, aquiesce monsieur, acabou o lastro e não há como controlar o balão. Machuron olha com admiração para o jovem e assume as válvulas de gás.

O balão ultrapassa um maciço de árvores e segue na direção de uma clareira, onde um córrego recorta a relva. Machuron abre as válvulas e o balão desce suavemente à beira do córrego. Monsieur, armado de uma máquina fotográfica, mal espera que a cesta toque no chão. Salta para a relva, leva a câmera ao rosto e tira chapas do balão que vai murchando. Terminada a série de fotos, monsieur descansa a câmera e olha em volta. O vento embala o trigo silvestre e os grilos saúdam os últimos dias de mormaço. Despontando por trás de uma linha de choupos, ele pode ver as telhas de ardósia de um palácio no estilo do século XVIII.

A tarde escurecia no sussurro do vento.

O jardim

O palácio setecentista chamava-se Château de la Férrière e era propriedade do barão Alphonse de Rothschild. O barão, homem de grande influência e prestígio, não era de todo um desconhecido para Alberto. Ao cair nos jardins do barão, repetia de certo modo um velho costume brasileiro. Por muitos anos a família Rothschild serviria de campo de pouso aos homens públicos brasileiros — de pires na mão —, em busca de empréstimos.

Eu não passava de uma menina sardenta de treze anos, lembraria anos depois a baronesa Christiane de Rothschild, filha do barão Alphonse, quando esse cavalheiro brasileiro começou a periodicamente desabar em nosso jardim com os mais bizarros aparelhos voadores. Mas não o conheci pessoalmente e não creio que o tenha sequer encontrado socialmente. Naquele tempo eu vivia a maior parte do ano num colégio em Genebra, mas sei que la Férrière parecia ter se transformado no local predileto dos balonistas. Lembro que papai chegou a pôr dois homens somente para acudir os desastrados. Um desses empregados continua na casa, é Gaston, o jardineiro...

Christiane de Rothschild morreu num desastre aéreo em 1976.

O jardineiro Gaston morreu aos 95 anos, vitimado por pneumonia. Ele contava que em determinados dias, aí por volta de 1898, as descidas eram tantas como se chovesse balonistas em la Férrière. Claro que alguns se machucavam. Voar naquelas coisas não era algo que alguém em sã consciência desejasse fazer. Voar em 1898 não era como hoje, com todos esses aviões cobrando tarifas excessivas e oferecendo pouco conforto...

À sombra da família

No apartamento do XVI arrondissement só ficaram sabendo no outro dia. Os primos suspiraram de ressentimento e madame Dumont entrou em pânico. Ela sabia como controlar os impulsos normais de um rapaz. Para cada deslize de imaturidade, ela tinha um remédio. Mas o sobrinho brasileiro fugia à regra. Ele não gastava as noites em mesas de jogo, não comprometia a saúde com algum estupefaciente da moda e muito menos esgotava seus arroubos juvenis nos braços das mercenárias que pululavam nas ruas da Cidade Luz.

O maldito sobrinho brasileiro simplesmente voava.

Certas coisas que um cavalheiro não deve fazer

Alberto passou a frequentar a oficina de Lachambre e Machuron. Era visto nos mais sórdidos cafés de Montparnasse conversando com outros baloneiros, gente que a cidade apontava como malucos irresponsáveis.

Para desgosto de madame Dumont, o sobrinho descera tão baixo que andava até se exibindo em férias e festas populares. Madame achava que esses aventureiros estavam de olho no dinheiro do sobrinho.

Certas coisas que um aeronauta precisa fazer

Praticar, era o que Alberto fazia. Qualquer subida de Lachambre e Machuron ele estava por perto, ajudando. E aprendia rápido. Logo os mestres confiavam no discípulo aplicado.

Até que chegou o dia de seu primeiro voo solitário.

Em Péronne, cidadezinha do norte, a cansada rotina de seus dias era quebrada apenas uma vez por ano, durante os três dias da feira agrícola. Gente de todas as partes vinha para a cidade beber vinho, dançar e negociar.

Naquele ano o burgo queria mostrar que sua feira sabia acompanhar o século. Além dos funâmbulos, dos engolidores de fogo, dos contorcionistas, das curiosidades circenses, um balão levantara voo do meio da praça. Contrataram Lachambre e Machuron e apareceu na cidade um homem baixinho, bem vestido, carregando o balão empacotado num reluzente Roadstar Peugeot. O prefeito recebeu o jovem com desagrado. Contratara dois pioneiros franceses e ali estava um estrangeiro de gestos citadinos e gosto refinado.

No domingo, último dia da feira, o balão foi armado na praça da cidade, em frente à prefeitura. O homenzinho baixo era de poucas palavras e respondia por monossílabos. Armara o balão quase sozinho, apenas ajudado por dois cocheiros que faziam ponto na praça e receberam alguns sous pela ajuda.

Quando a tarde chegou e a hora da partida aproximava-se, uma tempestade outonal começou a se formar no horizonte. O prefeito intranquilizou-se, mas o homenzinho não deu sinais de preocupação.

A praça logo estava lotada de curiosos, e o homenzinho, sem ligar para a tempestade que se formava, subiu para a cesta do balão e mandou que largassem a corda.

O balão subiu sob os aplausos dos feirantes e rumou para as alturas dominadas por negras e ameaçadoras nuvens. E desapareceu.

Sturm und Drang

Então as tempestades eram assim, pensava Alberto, sugado para o interior daquele turbilhão de nuvens negras que reduziam a visibilidade a zero. Descargas elétricas acendiam no recesso das nuvens e o zunido dos ventos era como se a própria natureza em fúria emitisse um rosnar de fera. Naquele vórtice de desencontradas forças, o crepitar dos trovões quase não se ouvia.

Ele agora sabia ser possível desafiar a lei da gravidade, mas era temeridade enfrentar a anarquia das tempestades. Eis por que os pássaros não enfrentam as tempestades, ele pensou. E se dedicou a contemplar a ameaçadora beleza dos elementos enlouquecidos enquanto o balão não parava de subir.

Então, o silêncio. A calmaria de um céu com suas primeiras estrelas.

O balão, milagrosamente incólume, atravessara a camada tempestuosa. Ele pairava num outro universo, já não tinha a companhia dos trovões rascantes, das rajadas de chuva e dos relâmpagos cintilantes. Agora estava só, pairando entre o desvario que assolava lá embaixo os campos do norte e a calmaria indiferente das estrelas vespertinas. As roupas molhadas faziam-no tiritar. O pouco oxigênio provocava uma estranha euforia, uma leveza, que tornava enganosa a distância entre ele e as estrelas. E só havia estrelas, agora. Nada mais era visível e a noite escura apagara completamente a terra. Alberto viajava no interior da perfeita geometria de uma infinita esfera negra.

Tangido pelo vento, resistindo ao cansaço e à contínua sensação de desmaio provocada pela falta de oxigênio, ele atravessa a noite. Visões espantosas crispam-se em sua consciência, as estrelas parecem liquefeitas a gotejar raios coruscantes de extraordinárias cores. A esfera também não é sólida em seu negror, é coleante, às vezes adeja como um balão que murcha ou estremece como o peito arfante de uma monstruosa criatura.

Alberto adormece em meio a esses prodígios.

Do outro lado da fronteira

O sol forte da manhã ardia na pele de seu rosto. Alberto despertou, sedento, as pernas entorpecidas e os olhos congestionados. As roupas antes molhadas estavam secas mas ele sentia-se um pouco resfriado.

Consultou o relógio de algibeira e viu que estava viajando havia mais de 17 horas. Uma considerável parte de campo por lavrar, esperando o inverno, estendia-se até o horizonte. O balão perdera muito gás e estava baixando. Alberto esticou o corpo fatigado e ficou de pé. Controlou as válvulas e foi direcionando o balão para o chão firme. Eram quase oito horas da manhã quando a cesta suavemente roçou na terra.

Alberto pulou, segurando a corda-guia, e amarrou o balão num tronco de árvore. O envoltório esvaziava rapidamente e deitava sobre o solo úmido e frio. A temperatura estava muito baixa, talvez uns dois a três graus, e uma camada de nevoeiro espalhava-se pelo campo onde a terra ainda se encontrava revolvida pela colheita. Quando o balão adernou de vez contra o solo, algumas marmotas abandonaram as beterrabas que estavam catando e correram assustadas para as suas tocas.

Um pouco para se aquecer, e um pouco para se livrar do entorpecimento, Alberto tratou de desmontar e dobrar o balão. Dedicou-se à tarefa com tanto empenho que não percebeu o grupo hostil de camponeses que se aproximava a brandir foices e ancinhos.

Tartarin de Tarascon

Os rústicos camponeses estancaram a uma prudente distância e confabularam. Alberto se deu conta da presença dos homens e parou o serviço. Esboçando um sorriso mas sem tirar os olhos das foices e ancinhos, acenou para eles. Os camponeses hesitavam, já não tinham a mesma disposição inicial. A atemorizante visão do monstro alado caindo no campo de beterrabas, que provocara o maior alvoroço entre eles, se transformara numa cena prosaica. No lugar da insólita aparição, estava um cavalheiro de ar pacífico a trabalhar numa espécie de pacote de pano de tamanho avantajado.

Uma charrete coberta por um toldo apareceu no horizonte e se aproximou do grupo a toda velocidade. Saltou um padre católico, de batina surrada, segurando o chapéu negro que teimava em lhe voar da cabeça. Era um típico cura do campo, envelhecido, obeso e de gestos lentos, mas que agora se esforçava para demonstrar autoridade. Mal desceu da charrete, o rebenque numa das mãos e a outra a amparar o chapéu, foi cercado pelos camponeses.

De onde estava, Alberto não podia ouvir o que falavam; mas podia perceber que alguns camponeses mais exaltados trocavam palavras ríspidas com o padre. Apesar do aspecto indolente, o padre aparentemente conseguiu impor os seus argumentos, pois os camponeses descansaram suas foices e ancinhos, e deixaram que o padre viesse ao encontro de Alberto. Só quando o padre já se encontrava nas proximidades do balão empacotado é que os camponeses decidiram também chegar mais perto.

Eles estão pensando que o senhor tem partes com o demônio, disse o padre. É a primeira vez que uma coisa dessas aparece por aqui.

Alberto parou de sorrir, enquanto tratava de persuadir o padre de que o demônio nada tinha a ver com o seu voo. O padre aceitou a explicação e respondeu que já vira muitos balões em sua mocidade, quando ainda estudava em Bruxelas. Mas ali, naquelas brenhas, as pessoas eram muito atrasadas e tornavam-se facilmente violentas.

Em que parte da França estou eu? quis saber Alberto.

O cura olhou espantado para o homenzinho.

Aqui não é a França, monsieur, é a Bélgica.

E foi a vez de Alberto olhar a padre com espanto.

Bélgica, mas que loucura!

O padre sacudiu os ombros e balançou a cabeça.

Loucura é a fórmula escolhida por monsieur para chegar à Bélgica.

Movidos por pura caridade cristã, os camponeses aceitaram transportar o monstro voador até a estação de estrada de ferro mais próxima, tendo Alberto distribuído generosos punhados de sous franceses. Os camponeses belgas não reclamaram.

Sobressaltos na oficina

Lachambre e Machuron estavam em pânico. A última notícia informava que o brasileiro desaparecera em meio a uma tempestade. Imaginavam mil maneiras de dar a dolorosa notícia aos parentes do rapaz.

Sobressaltos no XVI arrondissement

Madame Dumont, não sem um secreto frenesi, notou que a cama do sobrinho não fora desfeita nas últimas duas noites. Onde andaria o peralta? Os primos de nada sabiam, ou juraram inocência por cumplicidade masculina. Madame não se deu por vencida e interrogou a criadagem com a discrição necessária. Mas o esforço resultaria vão.

O aprendiz de feiticeiro

Um pouco resfriado, o sobrinho de madame Dumont reapareceu em casa. As roupas, por terem se encharcado e depois secado no corpo, encolheram, dando a impressão de que o rapaz crescera subitamente mais do que a conta. Entrou em silêncio, em silêncio tomou banho — e como se banhava esse brasileiro —, e sem abrir a boca tornou a sair no barulhento veículo motorizado que usava.

A oficina dos velhos baloneiros vivia clima de velório. Lachambre, mais sentimental, redigia mentalmente a carta que teria de enviar, comunicando o desastre aos familiares do jovem brasileiro. Machuron, mais prático, calculava os anos que eles teriam de trabalhar, dali para a frente, só para cumprir com a indenização que eles seriam obrigados a pagar à família do desaparecido.

E Alberto, calmo e sorridente, apareceu na oficina.

Lachambre, como era sentimental, quis matar o desgraçado.

Machuron, como era prático, abraçou emocionado o jovem descuidado.

Nas semanas que se seguiram a praticidade de Machuron impediu que Alberto sequer chegasse perto do balão. Mas o sentimental Lachambre derrubava todos os argumentos ponderados do sócio.

Alberto continuou voando.

Estava tão íntimo da oficina que já podia pegar o balão sem avisar. Como num domingo de sol em que ele chamou a turma do Parc des Princes para dar um giro lá por cima. Dois rapazes e uma garota toparam, os outros declinaram com as desculpas mais esfarrapadas.

Levaram o balão para Vaugirard, com muito champanha e comida. Escondiam o medo com uma euforia que não enganava ninguém, muito menos o experimentado baloneiro em que Petitsantôs se tornara.

A garota era a amante de um magnata da siderurgia. Os dois rapazes eram proprietários de triciclos motorizados e um dia herdariam uma fortuna. O mais velho deles, de bigodes bem aparados e olhar de tuberculoso, era descendente de príncipes italianos.

O príncipe tuberculoso carregava uma potente luneta, para surpreender a intimidade dos lares. O burguês, forte como um touro, carregava uma máquina fotográfica para registrar o passeio. A garota limitou-se a uma bolsa de cota de malha e um decote revelador.

Durante o voo, que começou em perfeita harmonia, o príncipe teimava em assestar a luneta para o decote da moça, enquanto o fotógrafo registrava as demonstrações de pudor da garota a se proteger com um lenço de cambraia.

Mas alguma coisa começou a dar errado.

Estamos perdendo lastro, resmungou Petitsantôs.

As brincadeiras cessaram e o musculoso fotógrafo quis saber o que aquilo significava.

Significa que temos de nos livrar de tudo, informou Petitsantôs.

Tudo!, exclamou a garota sentindo um frisson que não era de euforia.

Exatamente, reafirmou Petitsantôs com um irritante espírito de iniciativa pois já começava a atirar as cestas de comida.

Vamos morrer, gritou a garota, o decote mal contendo o que ali fremia.

Petitsantôs, observando aquele frêmito, procurou tranquilizar a moça.

Claro que não vamos morrer, disse ele, engolindo em seco porque o balão oscilava perto dos telhados e avançava para o zoológico de Vincennes. E começou a fazer uma coisa inusitada. Petitsantôs estava tirando a roupa.

Vamos, depressa, joguemos todas as coisas inúteis fora. E arremessou o par de botinas com plataforma que foi aterrissar sobre lençóis postos a secar no quintal de uma casa. Atrás das botinas seguiram a máquina fotográfica, os pacotes de chapas de vidro, a luneta e as garrafas de champanhe. Depois, não sem um certo constrangimento, motivado pela dificuldade de seis mãos nervosas a desatar o espartilho da mademoiselle, as roupas começaram a voar pelos campos de Vincennes.

O zoológico, como era uma manhã de domingo, estava repleto de estoicos pais de família com seus rebentos cheios de energia. A aproximação do balão foi logo percebida e os adultos trataram de reunir as crianças em busca de um lugar seguro. Da maneira como vinha o balão, aquela droga não estava exatamente fazendo piruetas.

E os pais tinham razão, pois a cesta foi bater contra as pedras onde alguns ursos americanos dormiam. Indiferentes, os ursos nem sequer mudaram de posição quando uma mulher tentou sair da cesta, aos gritos, e foi impedida pelos homens do balão. A mulher estava completamente nua. Os homens também. O grito de espanto da multidão assustou os ursos e estes moveram-se majestosamente para suas cavernas.

Um grupo de policiais, pedalando freneticamente suas bicicletas, apareceu. Faziam soar os seus apitos e trataram de impedir que a multidão se aproximasse demasiado do local do acidente. Na jaula dos ursos, o balão adernava e os seus passageiros acenavam nervosos, escondidos dentro da cesta.

Duas horas depois, o secretário do príncipe de Parma chegava esbaforido na delegacia de polícia de Vincennes, para liberar os quatro nudistas alados. Nunca mais Petitsantôs convidou a turma do Parc des Princes.

O atlético jovem burguês morreu nas Ardenas, em 1916.

O príncipe tuberculoso foi fuzilado pela Resistência em 1945.

A garota casou com um armador de Trieste e morreu em 1951.

Um feiticeiro em família

Madame Dumont soube do pouso no zoológico de Vincennes muito tempo depois. E a versão que lhe contaram não era exatamente a mais confiável. Para seu descanso, ela não era mais responsável pelos atos daquele jovem refratário ao convívio de uma família normal. Na mesma semana do incidente no zoológico, o sobrinho mudara para a rue Washington, na Étoile, um endereço típico de espíritos arrivistas. Para que não lhe pesasse a consciência, escreveu uma carta à mãe do rapaz. A viúva de seu primo Henrique respondeu de forma agradecida e com um excesso de polidez que parecia uma censura. Cortaram as relações para sempre e madame Dumont jamais levantou os olhos quando o sobrinho atravessava os céus do XVI arrondissement.

A família do feiticeiro

Dona Francisca Santos Dumont passava a maior parte do tempo num confortável sobrado da rua do Duque de Loulé, quase na esquina com a rua de Alexandre Herculano, na cidade do Porto. O sobrado tinha um mirante de onde se podia ver o Douro correr para o mar, com suas águas lodosas e suas barcaças carregadas de pipas de vinho do Porto. Fora ali no mirante que ela se sentara para ler a carta da parenta francesa. Seus olhos abandonaram o arrogante estilo da carta e ficaram durante muito tempo a olhar a linha imprecisa dos casarios de Vila Nova de Gaia, do outro lado do rio, quase encoberta pela neblina da tarde. Sua existência carecia de sentido agora, estava velha, perdera a função precisa que a austera rotina da fazenda de Ribeirão Preto impunha. Por isto, não entendia a necessidade daquela carta, nem o esforço de madame Dumont para escrevê-la, e muito menos os motivos que levavam seu filho a fazer o que andava fazendo. A vida era uma coisa dolorosa, incômoda e inútil quando chegava a hora da velhice. E todos um dia seriam amargurados e velhos como ela, independente do que tivessem feito.

O caramujo em sua casa

A casa da rue Washington pouco lembrava o casarão de Arindeuva. Em torno do casarão da fazenda de café, gravitavam oitenta escravos. O endereço da rue Washington era servido por um mordomo, uma arrumadeira e a cozinheira. A fazenda custara ao pai trezentos contos de réis, o aluguel parisiense somava quinhentos francos mensais, fora as taxas.

As mobílias eram poucas. Algumas, extravagantes. A mesa e as cadeiras da sala de jantar, por exemplo, ficavam a três metros do chão. Um amplo dormitório do andar superior foi transformado em estúdio.

Alberto passava dias inteiros no estúdio, curvado sobre a prancheta, desenhando projetos e calculando estruturas.

Étoile

Alheio ao movimento de veículos em torno do Arco do Triunfo, ele passava dias inteiros sem falar com ninguém. Sussurrando ordens aos criados, debruçado sobre a prancheta, os pés descalços roçando no tapete felpudo de pele de ovelha comprado num magazine argelino.

Como varava as noites acordado, saía bem cedinho, quando o ar era frio e as calçadas desertas de transeuntes, para dar um passeio e continuar pensando em suas ideias. Vestia um sobretudo, enrolava um cachecol no pescoço e caminhava avenida abaixo parando nas vitrines, apreciando as ofertas, divertindo-se com a múltipla sedução que cada loja ostentava. Mas o dia custava a começar e isto ele estranhava. Jamais se acostumaria com a lerdeza do sol nos invernos europeus. Embora apreciasse o frio, a elegância das pessoas nas pesadas roupas de inverno, não conseguia aceitar a timidez daquele sol. Regressava para casa às sete da manhã, e ainda era noite escura, rasgada pelos lampiões elétricos e pelas lanternas dos que madrugavam. De volta, fazia seu desjejum frugal e ia dormir. Acordava na hora do almoço, certo de que o sol não teria invadido o seu estúdio com a dureza luminosa dos trópicos.

Teoria e prática

Com Lachambre e Machuron ele muito aprendera sobre balões. Mas não lhe agradava a ideia de voar à deriva, sob os caprichos do vento, apenas com a opção de descer ou continuar no ar durante uma ascensão. Sobre a sua mesa de trabalho, anotados e grifados, estavam os estudos de Giffard, que subira em dirigíveis a vapor entre 1852 e 1855; os projetos de 1883 realizados por Tissandier com motores elétricos; a trágica experiência de Wolfert nos céus da Alemanha, ainda recente, explodindo no ar porque uma fagulha do motor elétrico atingira o invólucro de hidrogênio; para não falar de Schwartz com seu dirigível metálico e motor Daimler sobrevoando o Tiergarten, em Berlim.

TEORIA I

Um corpo impulsionado na atmosfera não desliza sem resistência. A resistência se chama atrito, e o atrito quando muito elevado oferece riscos para os balões.

A única maneira de evitar o excesso de atrito é desenhar um balão cuja forma minimize o atrito.

TEORIA II

Se o corpo, ao ser impulsionado na atmosfera, não mantém a sua forma, fica o atrito perigosamente distribuído de maneira desigual, gerando tensões diferenciadas e tornando impossível qualquer controle.

TEORIA III

Um corpo mais leve que o ar precisa de lastro para subir ou descer. Os balões utilizavam sacos de areia para mantê-los pesados. Na subida, os sacos eram gradualmente esvaziados. Para fazê-los descer, deixava-se que escapasse o gás do invólucro.

PRÁTICA I

Valendo-se sempre da simplicidade, Alberto criou um primeiro balão em forma de esfera, bem pequeno para os padrões da época, mais tarde evoluindo para os balões em forma de charuto.

PRÁTICA II

A rigidez dos balões foi mantida através da utilização de balonetes de ar comprimido inseridos no interior do invólucro de hidrogênio.

PRÁTICA III

Alberto introduziu o lastro líquido, os sacos de areia que se movimentavam sob o seu comando, sem a necessidade de esvaziá-los. A descida, sem perda de gás, era controlada através de um leme.

TEORIA IV

Um balão é um corpo inflado de hidrogênio, sujeito à variação de temperatura, umidade e pressão. A cada uma dessas variações o gás reage expandindo-se ou concentrando-se. Para que seja possível controlar um balão, é preciso manter a pressão interna constante, apesar das variações.

PRÁTICA IV

Os mesmos balonetes utilizados para manter a forma constante podiam controlar a pressão interna.

TEORIA V

Um corpo para se deslocar através da atmosfera necessita gerar sua própria força para se livrar das correntes de ar.

PRÁTICA V

Alberto conseguiu estabelecer a relação perfeita entre a potência do motor e o seu peso.

O quente é ser pequeno

Na Alemanha, o barão Zeppelin estava desenvolvendo o seu projeto de dirigível rígido, de estrutura metálica e proporções gigantescas.

Em Paris, o jovem Dumont desenvolvia seu projeto de dirigível não rígido e em proporções diminutas.

Os dois estavam certos por caminhos diferentes.

O barão alemão podia gastar milhões de marcos em seu projeto.

O plebeu brasileiro contentava-se com uma renda mensal limitada.

Pequenino mas resolve

Lachambre, como era sentimental, tremeu nas bases ao ver o jovem brasileiro entrar na oficina com um projeto de balão. Machuron, com o seu espírito prático, pegou um lápis e um bloco de papel, e pôs-se a fazer seus cálculos. O rapaz olhava os velhos baloneiros com uma autoconfiança irritante.

Você está louco, gritou Machuron, quebrando o lápis. Onde já se viu um balão com invólucro tão leve e cem metros de cubagem?

Lachambre perdeu a respiração por alguns segundos.

O rapaz devolveu o grito de Machuron com um olhar de súplica.

O balão é para mim, gemeu o rapaz em seu francês perfeito demais para um nativo. Eu peso cinquenta quilos. Cem quilos de cubagem é perfeito.

Lachambre dava tapas na cabeça e levantava as mãos aos céus:

Suicídio! Isto é suicídio! Se está querendo dar fim à própria existência, o problema é seu. Não tente nos envolver.

Machuron agora morde o bloco de papel:

Cem quilos de cubagem, não? Só porque você pesa cinquenta quilos! Por que não cinquenta quilos de cubagem? Um metro por quilo, que tal?

Uma sombra de desagrado caiu sobre o rapaz. O ar de súplica desapareceu e em seu lugar desceu uma fúria que os velhos baloneiros desconheciam no rapaz sempre tímido e de voz pausada.

Idiotas, rosna. Primitivos, esbraveja o rapaz.

E começa a se retirar, calçando as luvas e amarfanhando os projetos ao arrancá-los das mãos de Machuron.

Lachambre, como era sentimental, prefere que o rapaz desapareça.

Machuron, mais prático, corta-lhe a saída.

Espere, monsieur Santôs!

Essa miniatura de balão jamais levantará voo, ele pensa. Não há motivo para perdermos esta encomenda para um concorrente.

O rapaz volta-se, com a antiga expressão de bonomia:

Vou chamá-lo de BRASIL, informa.

Os velhos baloneiros concordam, sérios, segurando o riso.

E resolve mesmo

O pior é que *Le Brésil*, desafiando o senso comum e a experiência de dois velhos baloneiros, levantou voo.

Na edição semanal de *L'Illustration* aparece uma caricatura celebrando o voo do "menor balão do mundo". A caricatura estava assinada por Sem.

Mais do que ter levantado voo, Alberto sabia que a maior vitória estava naquela charge de traços elegantes.

Finalmente Paris começava a prestar atenção nele.

O feiticeiro prossegue

O triciclo corria a 32 km por hora, levantando uma nuvem de poeira na estrada de terra do Bois de Boulogne. Era domingo, estava frio e em breve começariam as primeiras nevadas. Um vento gelado cortava a pele e espantava os raros visitantes. Alberto, vestindo um enorme casaco e chapéu de pele de marta, óculos de proteção sobre os olhos e luvas de couro, não se importava com o frio. Corria pelas alamedas quase desertas, ouvindo o cascalho seco batendo na estrutura do veículo. Seguia um só itinerário, correndo em círculos, desde o lado sul do bosque até atingir uma clareira a oeste, onde seu mordomo, François, sentado ao lado do cocheiro, o aguardava na charrete também de sua propriedade. Passava acenando pelos empregados, na velocidade espantosa em que corria, para reaparecer novamente acenando.

François e o cocheiro sabiam que ele correria até se cansar, o que significava que ficariam ali, bebendo furtivas doses de conhaque, pelo menos umas três horas. E eles tinham acabado de chegar.

Eles mal conheciam o novo patrão, pois não fazia ainda dois meses que estavam a seu serviço. Mas já podiam perceber que, se houvesse em Paris um concurso de excentricidade, o tampinha sul-americano ganharia folgado o primeiro lugar. Não fosse por essas corridas malucas aos domingos, quando eram obrigados a suportar aquela espera ao relento, as outras extravagâncias eram bastante benignas. O tampinha pouco recebia em casa, alimentava-se frugalmente e dava-lhes um salário acima da média e uma folga semanal, sinal de que era verdade que estudara na Inglaterra, onde, se dizia, os direitos dos trabalhadores eram respeitados.

Naquela manhã, no entanto, estava bastante desagradável suportar o frio intenso que fazia. Nem mesmo o conhaque parecia adiantar, e não foi sem uma boa dose de alívio que eles viram o patrão estacionar o triciclo, depois da terceira volta.

François, gritou o patrão, pulando com agilidade do triciclo.

O mordomo apeou da charrete e aproximou-se do rapaz que mais parecia um felpudo cão pequinês naquele casaco de marta.

Peguem umas cordas que estão na charrete, e passem no galho daquela árvore, ordenou, apontando para uma figueira desfolhada na beira do caminho.

O mordomo estancou, intrigado.

Vamos, depressa, homem, fustigou o tampinha, numa voz imperiosa.

Para não ficar por baixo, François gritou pelo cocheiro.

E os dois fizeram o que o patrão ordenava.

A maçã de Newton

O triciclo De Dion foi pendurado na figueira.

Levantem, vamos, força, puxem as cordas, incentivava o patrão.

O mordomo e o cocheiro suspendiam o veículo e ao mesmo tempo suplicavam aos céus para que ali não aparecesse ninguém. Estavam mortos de vergonha pelo ato insano do patrão. Como bons serviçais, eles aceitavam qualquer extravagância, desde que não ultrapassasse certos limites.

Quando o triciclo já estava a um metro do chão, o maluquinho deu ordens para que as cordas fossem atadas em outra árvore.

Subiu no triciclo pendente e ligou o motor.

Uma nuvem de fumaça emanou do triciclo e o zumbido do motor encheu o silêncio do bosque.

Isso não é uma maravilha?, gritava.

Vejam, que suavidade!

Nenhuma trepidação!

François olhava desolado para o cocheiro.

Vai funcionar perfeitamente num balão.

O louco dos Champs Elysées

Lachambre comprimia os lábios para não gritar. Machuron, coçando a cabeça, observava incrédulo o rapazinho de terno engomado, polainas e chapéu-panamá, que gesticulava andando em torno do triciclo.

Os dois já sabiam que todo brasileiro era meio maluco. Machuron, porque o sócio lhe contara. Lachambre, por já ter estado no Brasil a serviço de um outro alucinado, o deputado Augusto Severo, que pretendia construir um dirigível gigantesco para fazer a rota Rio—Paris, transportando carga e passageiros.

Lachambre finalmente explodiu:

Suicídio, isto é suicídio!

O insano devolveu:

Você tem uma estranha fixação em suicídio, Lachambre.

Machuron aproximou-se do triciclo.

Está bem, põe esse negócio para funcionar.

O maluco pedalou até o motor pegar com uma série de pequenas explosões e jatos de fagulhas.

Machuron apontou para as fagulhas que dançavam na penumbra da oficina:

E essas fagulhas? O que acontecerá quando atingirem o invólucro?

Lachambre sentiu um calafrio. O hidrogênio era altamente inflamável e um só daqueles breves e minúsculos cometas era capaz de provocar uma violenta explosão.

Mas o louco limitou-se a sorrir.

Este problema será resolvido, disse. Encontrei uma oficina que modificará esse motor segundo um plano que desenvolvi. Ele ficará mais potente e a descarga, bem, vejam como ficará.

Torceu o cano de descarga para baixo e as fagulhas foram dirigidas para o lado oposto de onde ficaria o balão.

As fagulhas se perderão, disse em triunfo.

Lachambre e Machuron entreolharam-se.

Tartarin em forma

Convencer os velhos baloneiros estava ficando cada dia mais difícil. Os pioneiros não acreditavam em dirigíveis, preferiam a segurança dos seus negócios de ascensões com balões, modestamente pagos, a arriscar novas possibilidades. Além do mais, Alberto estava farto de ser olhado como um louco.

Tratou de organizar uma equipe própria.

O primeiro a ser contratado foi um jovem de origem modesta, quase de sua altura, aficionado pela aeronáutica. Chamava-se Emmanuel Aimé.

Durante a construção do dirigível Nº 1, Lachambre e Machuron se esmeraram em hostilizar o jovem Aimé.

Alberto fez de conta que nada estava acontecendo.

E o seu primeiro dirigível ficou pronto.

Le cerf-volant

Jardim de Aclimação, uma madrugada friorenta de 1898. O dirigível Nº 1 estava pronto para subir. Media 25 metros de comprimento e 3,40 de diâmetro. Era movido por dois motores Dion-Boutton, de 3,50 HP, que acionavam a hélice de duas pás a 120 rotações por segundo.

No Automóvel Clube não se falava em outra coisa. Aquele diminuto sul-americano estava prestes a se matar, subindo num balão com motor a petróleo. Alguns sócios mais exaltados reuniam-se à mesa com o homem mais interessado no futuro dos motores a explosão, o empresário Deutsch de la Meurthe, principal importador de petróleo da França. Exigiam que ele demovesse o insensato, sob pena de colaborar num suicídio. Deutsch, que começava a se interessar pela aeronáutica, nunca pensara em utilizar um desses motores num balão, mas estava pagando para ver o que ia acontecer. Ficou frio.

O Nº 1 subiu a favor do vento e foi chocar-se contra as árvores do jardim, destroçando-se inteiramente.

Com as roupas rasgadas e vários cortes pelo corpo, o lunático sul-americano foi retirado do meio dos destroços esbravejando contra Lachambre, Machuron e Aimé.

Idiotas, gritava o maluco. A culpa é de vocês que me obrigaram a largar a favor do vento. Incompetentes...

Os cortes sangravam e o rosto estava deformado por uma equimose escura. Mas o homenzinho não parava de distribuir insultos.

Foi levado ao hospital, onde um médico de maus bofes acalmou o exaltado.

Le cerf-volant II

Quatro dias depois, estragos refeitos e assistentes calados, o Nº 1 faz nova subida. Lachambre ainda teve vontade de dizer que ele não fosse muito alto, mas preferiu calar-se. Aimé queria chamar atenção para os cuidados a serem tomados nas manobras, mas fechou o bico.

O imprudente subiu 400 metros.

Na hora de descer, a bomba de ar não quis funcionar e os balonetes ficaram vazios. Resultado: o enorme charuto dobrou em dois.

O desgraçado estava caindo como uma pedra.

Machuron fecha os olhos.

Lachambre baixa a vista e começa a roer as unhas.

Aimé tira o chapéu, benze-se e passa a rezar por um novo emprego.

Caindo a 5 metros por segundo, Alberto sente uma completa subversão em seu organismo. Tenta se manter lúcido e buscar uma solução, mas nada há para fazer. Logo terá se esborrachado lá embaixo, no gramado bem cuidado onde brinca um grupo de meninos.

Sente-se eufórico e nauseado. Está amedrontado.

Ele sabe que vai morrer.

Os meninos param de brincar e olham para o objeto que vem caindo.

Estão fascinados e nenhum se lembra de buscar proteção.

Ouvem, então, um homem gritando da coisa que desaba.

A corda, peguem a corda. Puxem contra o vento.

O mais velho deles corre e apanha a corda-guia. Os outros meninos logo imitam-lhe o gesto. E correm contra o vento, puxando a corda.

Alberto já não está caindo, o balão transformou-se num imenso papagaio e os meninos sabem disso. Gritam e pulam divertidos, sacudindo a corda.

Dez minutos depois Alberto está em terra, são e salvo.

A garotada desaparecera do parque, os bolsos cheios de sous, em busca de um quiosque de doces.

Aimé, Lachambre e Machuron respiram fundo e sentam-se na grama.

O dirigível Nº 1 jazia torto sobre a grama da Bagatelle.

No Automóvel Clube

O Roadstar Peugeot estava estacionado entre uma fileira de outras reluzentes maravilhas. Quase todos os sócios estavam presentes porque ninguém perdia o almoço de confraternização de fim de ano.

Política, política, política.

Alberto se fazia de surdo. E beijava a mão das senhoras. Mas claro, madame de Cambremer! Certamente, madame de Putbus! Encantado, madame de Saint-Loup! Com certeza, madame de Bontemps!

De sua mesa, Deutsch observava o beija-mão. Até quando aquele superengomado baixote evitaria se envolver numa conversa política?

A estrela de Alberto, no entanto, sempre refulgia.

Entra em cena um brasileiro, o dr. Antônio Prado, eminente empresário e automobilista de passeio e percursos difíceis, amante dos delicados automóveis italianos.

O último beija-mão da tarde é para madame Prado. E o engomadinho sabido vai se sentar junto aos ilustres compatriotas, eximindo-se de dar opiniões sobre os dramas da vida francesa.

Deutsch adorou a sagacidade daquele pequeno polegar de bigodes encerados.

Voando outra vez

Evitou um gato preto que cruzava a calçada do Bld. St. Michel.

Proibiu o uso de saleiro na mesa para evitar acidentes.

Atravessou a rue Monsieur Le Prince para não ter de passar por baixo de uma escada.

Na igreja de Saint Philippe du Roule, decidiu que a sua próxima subida seria no dia da Ascensão do Senhor.

Subiu. O Senhor em nada ajudou.

Uma chuva torrencial desaba e o N° 2 dobra-se e emaranha-se nas árvores do parque.

Sem ferimentos, escorrega pelos galhos como um pinto encharcado.

Pega um resfriado.

E resolve construir o N° 3.

Diário de uma camareira

Patrãozinho saía pouco. Homem de raras amizades. Queria as roupas engomadas no ponto certo e vestia-se sozinho, sem o auxílio do mordomo. Econômico nos gestos, nas palavras e na despensa. Não admitia desperdício.

E mantinha uma agenda metódica:

Terças: jantar com Antônio Prado e esposa.

Quintas: sair com Pedro Guimarães.

Sábados: atender a algum convite.

Os outros dias ele dedicava ao trabalho.

Dos amigos do patrãozinho, o predileto era monsieur Pedrô. Um refinado representante da juventude brasileira. Passava meio ano em Paris e a outra metade na sua fazenda de café no noroeste paulista. Mantinha apartamento na avenue de Foch, garçonnière em Versailles e reserva permanente no Crillon, em Nice. Guiava um Daimler negro e prateado. Na ópera mantinha cativo o camarote 12, e o 16 na Comédie. Tratava os maîtres dos dez melhores restaurantes da cidade pelo primeiro nome. Estava noivo no Brasil, mas em Paris uma certa madame Lepic não lhe negava os favores.

Imprensa cor-de-rosa

Mais uma caricatura com a assinatura de Sem aparece em *L'Illustration*.

Petitsantôs compra dez exemplares da revista e remete a amigos.

Vai procurar a famosa assinatura e encontra um bretão exuberante, dez anos mais velho e duas vezes o seu tamanho, que fala pelos cotovelos.

O nome que se esconde por trás da assinatura é Goursat, Georges.

Georges colecionava admiradores da mesma forma como colecionava desafetos. Seus traços faziam a crônica visual da despreocupada vida elegante de Paris. Mas quando decidia trocar o desenho pelas palavras, isto significava sempre escândalo.

Com uma reportagem sobre a miséria das crianças no Marrocos, provocara uma crise de ansiedade em madame Daumesnil e o fim de seu animado salão.

Com uma reportagem sobre os hotéis de encontros em Paris, provocara alguns arrufos entre certos casais e o rumoroso divórcio dos Duffy.

Goursat, é claro, lavou as mãos.

O bretão marcava sua presença em qualquer ambiente.

O brasileiro agia como um caramujo.

Os dois ficaram amigos.

Sorte que Paris adora escargot, sempre dizia Goursat.

O caramujo empreendedor

A teimosia dos mecânicos do Jardim de Aclimação começava a atrapalhar. Alberto olhava o cronograma e via o quanto eles estavam atrasando o Nº 3. A cada passo do projeto, ele era obrigado a perder horas e horas de argumentação. E os mecânicos só executavam o serviço quando ele ameaçava entregar o projeto para outra equipe.

De tanto ameaçar, a ideia acabou vingando.

O Nº 3 seria construído em seu próprio terreno.

Comprou uma área em Saint-Cloud e projetou um hangar de 30 metros de comprimento, 7 metros de largura e 11 de altura.

A mesma carga de vaidade, preconceito e teimosia dos mecânicos, Alberto foi obrigado a enfrentar com os empreiteiros da obra, para ver o hangar concluído conforme seu plano original.

No outono de 1899 o Nº 3 podia ser visto saindo de seu hangar, para fazer seus voos experimentais.

Sonata para a Tour Eiffel

Em novembro ele saiu do hangar e navegou placidamente pelo céu nublado em direção ao Campo de Marte. A torre Eiffel era uma espécie de eixo e ele girou várias vezes sobre os tetos de Passy e da Escola Militar.

Pré-café society

Entra 1900 e *Le Figaro* publica:
Petitsantôs exibe o Nº 4 para a mais cobiçada mulher de Paris, Cléo de Mérode. E recebe em Saint-Cloud, no mesmo dia, o socialista Jaurés e o conservador Rochefort. As farpas foram evitadas pela ex-imperatriz Eugênia.
Deu no *L'Aerophile*:
Novo dirigível de Petitsantôs promete surpreender a todos.
Deu em *L'Illustration*:
Petitsantôs abre pela primeira vez os salões da rue Washington. Notamos a presença da atriz nipônica Sada Yakko.

Fin de siècle

A Exposição Universal tem cinquenta portas. E luz elétrica.
Os franceses apaixonam-se perdidamente pelo Japão.

Diário de uma camareira

Quem faz a agenda do patrãozinho é monsieur Goursat. Ele entra em casa sem bater na porta e escolhe até as roupas do amigo.
O patrãozinho aceita sem comentários.

Luzes da ribalta

Petitsantôs está em todas. Goursat providencia. Quem vai dizer um não a monsieur Goursat?

No Teatro Louie Fuller ele foi visto sentado entre Barrés e Maria Bashkirtseff, para a estreia de *A gueixa e o cavaleiro*. A Estrela Sada Yakko confirma a última paixão da cidade numa interpretação magistral. A plateia aplaude com os olhos entre o palco e o camarote do embaixador nipônico. A condessa Mathieu de Noailles, de proverbial distração, observa Barrés a conversar desenvolto com o cavalheiro de baixa estatura a seu lado. Quer saber quem é aquele "japonês" perdido na plateia de ocidentais. La Bashkirtseff responde que não é um japonês mas Petitsantôs, aeronauta brasileiro.

Brésilien? retruca a condessa, tout de même, un oriental!

Pigmalião

A insensibilidade artística de Petitsantôs era total.

Colette para ele era uma chata. Zola, um horror. Ele gostava mesmo era da xaropada aguada de Jean Lorrain.

Goursat tinha ataques de raiva.

Entreato

Estreia de *L'aiglon*. Petitsantôs, meio sonolento, está saindo do teatro. O conde de la Vaulx, acompanhado de um jovem de formas arredondadas, corta o seu caminho. Conversam, e em cinco minutos o jovem almofadinha recendendo a lavanda, voz de asmático e pele de cera, conta vinte fofocas picantes a respeito de personalidades que Petitsantôs respeita.

Irritado, sente que precisa livrar-se daquela conversa frívola. Corre para beijar a mão da princesa Murat, que mal conhecia, deixando o granfino a falar sozinho.

O conde, insultado, chama pelo amigo perplexo:

Vamos, Marcel!

Clima do tempo

Petitsantôs usa calças de flanela e segue a moda de dizer "meu cabelo" e não "meus cabelos". Usa o plural apenas quando fala ao conde D'Eu. Usando uma gravata lavallière, participa da inauguração do Aeroclube de Paris e sente-se um perfeito sportsman.

Tira as luvas de pelica para apertar a mão do industrial Archdeacon, o candidato de Deutsch, eleito presidente do Aeroclube em chapa única. Mesmo sem conta bancária e talvez por ser bom de conta, Aimé assume a secretaria do clube.

Petitsantôs fica na Comissão Científica, e segue voando.

De tanto pegar chuva, apanha uma pneumonia.

Vai ao mar de Trem Azul.

Convalesce no Carlton, em Cannes.

Recupera as forças no Crillon, em Nice.

Antônio Prado, que cuidava de suas finanças, pede uma conversa em particular.

A pneumonia tinha custado a bagatela de oitenta mil francos.

Ou teria sido a amizade de Goursat?

Motores a petróleo

Deutsch quer aumentar a participação de sua indústria no mercado. Imagina milhões de motores sedentos rodando pelas estradas do mundo, consumindo o petróleo que ele importa das Arábias.

Aparece uma noite no Aeroclube. A diretoria está reunida a ler cartas e memorandos. Ele tem uma proposta. Que tal um prêmio em dinheiro para a comissão científica da entidade conferir ao primeiro balão dirigível a fazer um voo contínuo de trinta minutos, tendo como ponto de partida e de chegada o Parque de Aerostação de Saint-Cloud, e descrevendo uma circunferência em torno da torre Eiffel?

Archdeacon mal pode acreditar no que ouve.

Os outros aeronautas consideram a proposta absurda.

Mesmo para ganhar cem mil francos?, retruca Deutsch.

Petitsantôs quer saber quando o prêmio começa a ter validade.

Deutsch informa que o prêmio começa ali, naquela reunião, e só terminará no dia em que alguém realizar o feito.

Os baloneiros riem da pretensa generosidade do industrial.

Para eles Deutsch mais uma vez demonstra a sua avareza. Fazer aquelas exigências é o mesmo que oferecer um prêmio de um milhão de francos a quem primeiro pisasse na Lua.

Petitsantôs discorda, e como membro da Comissão Científica, para espanto de seus pares, discursa com veemência pela aceitação da proposta.

Archdeacon, curvando-se à dialética de Petitsantôs, estende a mão para selar o compromisso. Deutsch, no lugar de sua mão, estende um cheque no valor prometido. O presidente do Aeroclube, brilhante homem de finanças, pega o cheque e arremata.

Aquele dinheiro seria aplicado a 4% e os juros pagos ao aeronauta que melhor se distinguisse a cada ano.

Sempre nos jardins

O Nº 5 media 33 metros e cubava 550 metros, com um motor Buchet de 4 cilindros e 16 HP. Por saber que a fortuna herdada era bastante limitada em relação aos crescentes gastos com os experimentos, o novo balão era uma versão modificada do velho Nº 4, devidamente canibalizado.

Pois não é que o dirigível subiu que nem buscapé e, em vez de circundar a torre Eiffel, foi cair nos jardins do barão de Rothschild!

A princesa em seu jardim

Dia 13 de julho. Alberto levanta voo, segurando uma figa de pau-d'angola e atrapalha um chá de caridade que madame a baronesa Rothschild oferecia em benefício dos órfãos marroquinos.

Uma vizinha do barão sente ciúmes.

O que é que o jardim dos Rothschild tem que o meu não tem?

"Sr. Santos Dumont:

Envio-lhe uma medalha de São Benedito que protege contra acidentes. Aceite-a e use-a na corrente do seu relógio, na sua carteira ou no seu pescoço. Ofereço-lhe pensando na sua boa mãe e pedindo a Deus que lhe socorra sempre e lhe ajude a trabalhar para a glória de nossa pátria.

Isabel, Condessa D'Eu."

Os santos do calendário

Goursat acha feíssima a medalhinha de São Benedito.

Por via das dúvidas, Petitsantôs leva São Benedito numa pulseira de ouro que os jornalistas adorariam assinalar daí para a frente.

E para comprovar o prestígio do santo, o Nº 5 choca-se com o telhado do Grande Hotel do Trocadero. Petitsantôs fica pendurado a 20 metros de altura e São Benedito chega com os bombeiros para salvá-lo.

Nos jardins da princesa

O semblante da princesa nunca encontra repouso, mas reflete o contentamento de receber o presente que o amigo brasileiro lhe oferece: queijo de Minas. Isabel envelhecera como certos frutos de sua terra amadurecem. Conservava uma pele branca, lisa e corada, que dava uma tonalidade mediterrânea ao seu corpo pequeno, obeso e ágil. Nunca fora uma mulher bonita, mas tinha a exuberante graça carioca contida em seus limites por uma rígida educação.

Alberto fazia parte do reduzido círculo de brasileiros que o marido da princesa tolerava em sua casa. O conde D'Eu não guardava as melhores recordações do país cujo trono lhe escapara das mãos. E naquela manhã, quando observava da janela a chegada daquele ridículo gnomo tropical, confirmara mais uma vez o quanto eram hipócritas os brasileiros. O gnomo de fraque ostentava uma gravata vermelha e trocara aquele repulsivo símbolo republicano por um lenço de seda branco, antes de pôr os pés em sua casa.

Feijoada de inverno

Dona Isabel tocou o sininho de prata e os criados entraram com a esperada iguaria. Era um sábado, dia de feijoada, ritual brasileiro que raras vezes a princesa podia cumprir, fosse pela raridade dos ingredientes autênticos ou pela sempre veemente oposição do senhor conde, homem de estômago frágil que se revoltava frente à barbárie de semelhante acepipe.

A princesa, no entanto, fartava-se sempre que podia. Uma feijoada completa era como regressar ao mormaço de uma tarde carioca.

Graças à gentileza do marquês de Sapucaí, o feijão preto era da última safra, colhida em sua propriedade no norte do Rio. Uma recente visita da viscondessa de Garanhuns fornecera as orelhinhas e os rabinhos de porco que o convidado olhava com gula. O paio era da fazenda do marquês de Abrantes, e a carne-seca, da fazenda do barão da Torre. A couve mineira, conservada em gelo, era um presente do arcebispo de Mariana.

A sobremesa estava garantida, e sempre provocava a retirada intempestiva do conde: queijo com goiabada. A goiabada escurinha, de casca quebradiça e doçura irrepreensível, era das prendas de dona Emiliana Maria Carolina Francisca de Rezende e Passos, a condessa D'Arcos: o queijo acabara de ser trazido pelo convidado. Para arrematar, serviria um licor de jenipapo especialmente preparado pelas monjas de Olinda, um presente do reverendíssimo cardeal primaz do Brasil em sua última visita à Europa.

O sabor da terra distante

Minha terra não tem nogueiras amargas onde canta a toutinegra.
Nem freixos de favas amarelas, e bétulas eriçadas de amentilhos.
Também não tem bordos-doces de folhas vermelhas, nem hicórias ou tílias de branca floração.
Os tordos que aqui gorjeiam não gorjeiam como lá.
Aqui as matas sabem fazer silêncio.
Aqui as matas morrem de tédio.

O persistente nostálgico

No ar, mais um dirigível Santos Dumont.
Tem 33 metros de comprimento e 6 de largura. Trezentos e sessenta metros de cubagem e um motor Buchat de 4 cilindros e 16 cavalos.
Era o N° 6. Feito para ganhar o prêmio Deutsch.

O jóquei espacial

Petitsantôs adorava voar em Longchamp nos dias de corrida. Os apostadores protestaram contra aquele charuto voador que passava matraqueando no céu, assustando os cavalos e fazendo os azarões ganharem.
A diretoria do sweepstake proibiu o maluco de sobrevoar a pista em dia de corrida. O prado de Longchamp foi a primeira entidade do mundo a reivindicar direitos sobre seu espaço aéreo.

Antepasto

Petitsantôs foi almoçar no Le Cascade. De dirigível.

Na volta, para cumprir a sina, o Nº 6 desabou em meio a um jogo de golfe nos jardins dos Rothschild.

Alphonse perdeu o jogo e algumas libras para um banqueiro suíço.

Goursat caiu na besteira de fazer uma galhofa.

Petitsantôs, deprimido, escondeu-se em casa.

Outubro

Desentocou-se no dia 19 e ganhou o prêmio Deutsch. Em meia hora ele saiu, contornou a torre Eiffel e regressou ao hangar de Saint-Cloud. O pessoal do Aeroclube assistiu ao feito com sentimentos controvertidos, enquanto Goursat telegrafava freneticamente para os principais jornais do mundo.

Thomas Edison

"A SANTOS DUMONT VG PIONEIRO DOS ARES VG HOMENAGEM THOMAS EDISON"

Marconi

"SAUDAÇÃO PIONEIRO SANTOS DUMONT PT MARCONI"

A imprensa no front

Como se sente ao conquistar o prêmio Deutsch?
Gratificado.
O senhor já pensou o que fazer com o dinheiro do prêmio?
Vou distribuir aos pobres.
Pobres?
Sim, aos trabalhadores desempregados.
Todo o dinheiro?
A metade darei aos meus auxiliares, a outra, aos trabalhadores desempregados. O senhor sabia que há trabalhadores sem emprego em Paris?
E no Brasil, não os há?
Acontece que eu estou na França.

O Aeroclube dividido

Deutsch de la Meurthe queria entregar logo o prêmio.
Archdeacon tergiversava.
Para ele o aeronauta perdera tempo na aterragem por ter ultrapassado a meta.
Petitsantôs, ofendido, quis retirar-se da agremiação.
Os desempregados de Paris cercaram o Aeroclube e ameaçaram um quebra-quebra. A polícia interveio, os conselheiros da Comissão Científica decidiram entregar o prêmio para evitar um problema social.

La ronde

Aparece na Comédie acompanhado por Louis Barthou.
Almoça no Weber com madame R.
Circula em Vichy com Henri Rochefort (as línguas viperinas falam de sua ligação com madame Rochefort, quinze anos mais nova que o marido).
Janta no Maxim's em companhia do amigo Sem e duas coristas do Moulin Rouge.
Fim de semana em Trouville com Cecile Sorel.
No Café de la Paix com Jean Jaurés.
Promenade vespertina com Paul Helleu em Montparnasse.
Dois dedos de prosa de muitas horas com Paul Tissandier.
Na porta da Ópera com Burnau-Varilla.
No aniversário do banqueiro Agenor Barbosa.
Fim de semana em Nice com madame R.
Almoço com Cartier.
Longa prosa numa brasserie de Denfert com Joaquim Nabuco.
Circula com Pierre Laffite pelas mesas de bacará de Cannes.
Leva James Gordon Bennett para conhecer o seu hangar.
Antônio Prado Jr., fechando as contas do mês, percebe com alegria que o amigo não gastou um sou a mais.

Cotação

Voilà Santôs. L'aéronaute. Le Roi du Café!
Encantado, senhor príncipe de Benevente.
Meu caro Santôs, preciso de seus préstimos.

Sim, senhor príncipe?

Necessito de cem mil francos ouro e...

E...

A urgência me impede de lançar mão do que tenho no banco em Bolonha.

Estou desolado, senhor príncipe, meu dinheiro está no Rio de Janeiro.

Tavolagem

Com armas e bagagens e dirigível, Petitsantôs muda-se para Mônaco.

A turma do Aeroclube torce o nariz pela falta de critérios desse pernóstico liliputiano. Como, deixar Paris por um principado cassino? Dar ouvidos a um nobre de tão péssima audição que protege Saint-Saens. Um príncipe que não é carne nem peixe e assim mesmo construiu um Instituto de Oceanografia!

Les secrets de la princesse de cardigan

Em Mônaco, como os monegascos.

Petitsantôs tem fichas de quinhentos francos todas as noites. E um hangar na ponta de La Condamine. A suíte do hotel corre por conta do principado. Os passeios de iate, também.

O duque de Dino, sem ter onde ficar, carrega seu pedigree para a suíte de Petitsantôs. As acomodações são bastante amplas para as brincadeiras dos principezinhos Ruspoli, netos do duque, que embevecem o plebeuzinho em melhor situação financeira.

O duque e o plebeu são famosos. O plebeu, porque voa. O duque, por ser neto da amante de Talleyrand, a bela Dorotéia de Curlândia, luz fascinante do Congresso de Viena.

Coisas da vida.

Petitsantôs passa voando sobre a baía de Mônaco, enquanto os iates dos amigos apitam em saudação.

Aquele lá, barquinho de brinquedo com alvas velas, deve ser o iate do Eugênio Higgins. E aquele outro, de linhas arrojadas, deve ser o do James Gordon Bennett.

Olhos inimigos

Alguns não se deixavam seduzir.
Como a condessa de Lavernne.
Ele é "Dumont" ou "de Dumont"?
Dumont, só Dumont.
Ah, bom!
Mas ele voa!
Gaucherie! Gaucherie!

Olhos embevecidos

Na terrasse do Cassino, Gustavo Eiffel levanta a mão enluvada.
O garçon corre, solícito.
Mais champanhe, rápido!

Petitsantôs está radiante.
Mas o senhor, então, diz-se aposentado. Não acredito!
Sim, abandonei a engenharia. Abandonei tudo!
As mulheres, também?
Hélas! Tout est perdu, fors l'honneur!

Baía de Mônaco

Petitsantôs sorri, mas o Alberto, escondido pelo chapéu-panamá, entedia-se mortalmente. A futilidade é sempre a mesma e exige falta de imaginação. O burburinho da terrasse não tem nenhum encanto e a afetação das mulheres não passa de afetação. A indolência é como uma crosta perfumada, macia, tem a textura de óleos preciosos e emolientes mas que tornam a pele insensível. A cada dia que passa, até mesmo a felicidade de voar vai perdendo o seu relevo e ganhando a baça coloração da rotina.

O que deseja Petitsantôs?

As pequenas expectativas que se disfarçam de grandes. Uma rodada no pano verde. Acordar tarde. Exibir-se aos olhos da cidade.

E Alberto?

Ele não sabe. Teme apenas a ausência inquietante dos desafios. Renasce a cada dia esse temor, no gosto dos pratos finos, no sabor do vinho.

Está melancólico, indiferente, magoado sem saber por quê.

Precisa sair daquele lugar aflitivo, onde os olhos atravessam sem se deter em ninguém. Onde sua alma se evapora e o amanhã é como uma parede de cristal, onde ele pode ver a repetição do hoje, do ontem, numa sucessão infindável de fatuidade.

No dia 14 de fevereiro de 1902, sofre um desastre. Por pouco não morre afogado e o dirigível fica inteiramente destruído.

Arruma as bagagens, despede-se do duque de Dino e pede uma audiência ao príncipe.

No trem, regressando a Paris, Alberto está cheio de sombras e pudor.

Petitsantôs guarda as lembranças de Mônaco como alguém guarda folhas secas num herbário. Mas Alberto é homem de grande ternura, compreende os gestos do rapazinho frívolo, sabe que ele não deseja ser outra coisa que uma figura pública, apontada por todos mas admirada a distância.

Alberto quer agora envolver-se, experimentar, escapar da intolerável dureza de sua solidão.

Paris é um raio de luz fria no horizonte.

Petitsantôs teria que amadurecer para continuar vivo.

Parte II

As aventuras de Dumont
Daedalus
ou
Quincas Borba em Combray
(1903)

*"Paira à tona de água
Uma vibração,
Há uma vaga mágoa
No meu coração."*

Fernando Pessoa

O gato de botas

Uma bela manhã de verão. Jardin des Tuileries. Casais estão placidamente sentados na grama, algumas pessoas jogam bocha, babás paramentadas passeiam com infantes sob o olhar de um flic em sua bicicleta. Ruidosos estudantes de liceu atravessam a calmaria do parque. Por entre as crianças um homem caminha empertigado. Veste roupas listradas, usa bigodes espessos e leva na cabeça um chapéu mole, de abas caídas. Bem poderia ser quem imaginamos ser, mas a sua obesidade logo desfaz o equívoco.

O gato de chapéu-panamá

Bld. des Capucines. Logo à porta de um elegante restaurante, três rapazes conversam animadamente. Vestem paletós listrados, usam bigodes espessos e chapéus desabados na cabeça. Parecem três exatas reproduções de uma figura bem conhecida. Do outro lado da calçada, um homem de meia-idade também usa as mesmas roupas que parecem ser moda na cidade.

O gato de polainas brancas

Bld. St. Michel. Enquanto um jovem alto, magro, vestido de terno listrado, chapéu de abas moles na cabeça, pedala a sua extravagante bicicleta por entre os tílburis, um outro, com roupas semelhantes, passa de braços dados com a sua namorada pela calçada.

O gato de colarinho alto

Gare de Montparnasse. Pessoas atarefadas desembarcam de um trem de província. Entre os homens, há muitos vestidos toscamente com a mesma roupa que parece ser a mania do momento. Cada um deles é um tipo diferente, mas de alguma maneira se parecem.

O gato no firmamento

Jardins de Luxembourg. Porque faz uma linda manhã, os jardins repetem a plácida ocupação das Tuileries. Repentinamente as pessoas se agitam e olham para o céu. Apontam, correm em direção ao Palácio. No meio da pequena multidão que começa a se formar, vários homens usam a mesma roupa da moda. A pequena multidão gesticula, aponta para o céu e aos poucos parece hipnotizada. Então, lentamente e com majestade, aparece um extraordinário artefato alado, de forma bojuda e elegante, que sustenta uma delicada estrutura onde um homem solitário está de pé. O objeto alado vai aparecendo sobre o teto de ardósia do palácio, e mal se pode distinguir a criatura prodigiosa que o cavalga. Em silêncio, as pessoas observam com um misto de fascínio e reverência, enquanto o objeto atravessa o céu azul de nuvens esgarçadas e logo vai desaparecer do outro lado do parque, por trás do casario art-nouveau da rue D'Assas. Antes que desapareça por completo, a pequena multidão aplaude e ainda vemos que a criatura lá em cima responde acenando com um lenço branco.

O chapeleiro louco

A bordo do dirigível N° 9, Alberto acena com o lenço branco para a multidão que o ovaciona. Veste-se com aquelas roupas tão usadas nas ruas de Paris, mas notamos que se trata do original. O dirigível atravessa o casario e corta diagonalmente o Bld. Edgard Quinet, sempre atraindo a atenção dos passantes. Mas o Bld. Edgard Quinet é uma rua tranquila e apenas uma sege está estacionada em frente a um edifício, do lado oposto ao Cemitério de Montparnasse. Pessoas aparecem nas janelas e um grupo de criados corre para a rua para apreciar a passagem do dirigível. O cocheiro da sege distrai-se, olhando para o céu, e não percebe quando, do prédio, sai uma jovem mulher. Ela mostra-se alheia à excitação que toma conta da rua tranquila. Entra na sege e ordena asperamente que o cocheiro venha assumir o seu trabalho.

Muitos anos depois

O amplo salão daquele apartamento de cobertura está decorado com um bom gosto discreto. Na parede, um retrato a óleo de Alberto ainda jovem. A cobertura abre-se para uma vista extraordinária do

Central Park, em Nova Iorque. Uma bela mulher, vestindo Chanel, bem conservada para os seus 47 anos, resiste às lágrimas que afloram em seus olhos castanhos.

Não, não uso mais o sobrenome Breckinridge... Acabo de me divorciar. Sou novamente D'Acosta, como sempre, como ele me conheceu, como naquele verão de 1903, em Paris. Eu tinha dezoito anos... minha família, por insistência de minha mãe, é claro, não perdia um verão em Paris...

Parece incrível mas quase trinta anos se passaram. Trinta anos!

Naquele ano especial

Impaciente, a jovem e elegante mulher está sentada na sege, aguardando que o cocheiro esqueça o prodigioso artefato que paira sobre a rua e resolva comandar os cavalos. Embora aquela aparição já estivesse se tornando rotina, as pessoas não se cansavam de olhar embasbacadas.

Maurice, não temos o dia inteiro!

Contrafeito, o cocheiro finalmente empunha as rédeas e espera que lhe seja dado o destino a seguir.

Para Neuilly, rápido...

Mademoiselle não espera que os cavalos corram mais rápidos...

Mas que cansaço... Se continuas a tagarelar, os cavalos perderão até para uma lesma.

O cocheiro chicoteia os cavalos com raiva, a sege dispara pela rua.

De vento em popa

Alberto, em seu dirigível, guarda o lenço e abre um sorriso. Faz uns comandos e o Nº 9 começa a mudar de curso e a seguir a sege que parte em disparada. Depois de alguns segundos naquela porfia injusta para a sege, Alberto executa outros comandos e o Nº 9, sobranceiro ao casario parisiense, muda de rumo e aumenta a velocidade, subindo e desaparecendo por entre alguns esgarçados cúmulos-cirros.

Uma rapariga em flor

A sege agora está em uma estrada rural. A jovem mulher mal consegue esconder a ansiedade.

Maurice, mamãe não pode nem sonhar, está me entendendo?

Conte comigo, mademoiselle. Mas ainda acho uma loucura...

Não pedi a sua opinião.

O cocheiro fecha o cenho, amuado. Mesmo sem ver o rosto do homem, a jovem sabe que o feriu.

Está bem. Maurice. Peço desculpas... mas é que você às vezes é pior que mamãe.

Se madame D'Acosta descobre, me esfolará vivo. Perderei o emprego, estarei perdido...

Como você é trágico, Maurice. Mamãe está ocupada com os convites que recebe, com as roupas que vai usar nas recepções e com a lista de convidados para a festa que oferecerá no final da estação.

Talvez, mademoiselle. Mas garanto que o capitão Ferber não vai gostar nada de saber que estamos indo para Neuilly.

Ferber! Aquele enfatuado. Não creio que se interesse por mim.

Os milhões de dólares de mademoiselle são tão sedutores quanto um pote de mel para as moscas.

Maurice! Não seja pérfido. Tudo não passa de invenção de mamãe. Ela convenceu o pobre do capitão Ferber a me acompanhar neste verão.

Mas os planos de mademoiselle são outros, não são?

Sim, neste verão eu resolvi voar.

O cocheiro se benze e a jovem solta um riso cristalino de alegria.

Folclore da aerostação

O hangar de Neuilly fervilha. Aimé concentra-se no polimento de uma nova peça para o motor. Dazon procura calibrar os cordames do envoltório e Chapin desmonta laboriosamente as treliças da cesta. Próximo ao portão, Gasteau manipula a hélice de madeira. Trabalham no Nº 7, o dirigível de corrida de Alberto, e como o patrão se encontra fora, voando no Nº 9, os mecânicos executam a rotina diária de demonstrar companheirismo e respeito profissional através da troca de venerosas amabilidades.

Mas é claro que Petitsantôs é míope, Chapin. Se não fosse não teria contratado você como mecânico de balões.

Sabe que eu estou quase convencido, Dazon! Afinal você está aqui para o serviço dos cordames e pelo visto não sabe nem atar os cadarços das botinas.

Dazon olha para as botinas e as descobre desamarradas.

Quem fez isto?... Vocês não passam de um bando de colegiais.

Gasteau, que se mantivera calado, entra na conversa:

Tenho a impressão que dessa vez Petitsantôs não vai dar uma de míope.

Eu espero, porque as mulheres que ele perde é até um pecado.

Essa garota é diferente... que força... que personalidade...

Ah! América selvagem.

Ela se chama América?

Não, Dazon, não sei como se chama, mas sei que é americana, não percebeu o sotaque? Fala um francês atroz, tão ruim quanto o sotaque bretão do Gasteau.

Foi por isso que eu pensei que ela fosse bretã.

Ela é tão bretã quanto a senhora vossa mãe.

Faz uma semana que ela vem aqui todos os dias. Que perseverança!

E você, Chapin, adora simular que entende de balões.

Procuro ser gentil. E ela aprecia as minhas explicações.

Mas nunca esqueça que ela não é para o teu bico.

E por que não?

Porque ela não costuma frequentar a place Pigalle.

Ah! não me diga, Dazon. E como vai Michou? Aquela que já gastou as calçadas da place Pigalle e você pensa que é virgem?

Você tem é inveja, Chapin. Michou é uma garota recatada.

O que não impediu de se esconder nua na cama do Petitsantôs.

Não foi bem assim. Ela não estava na cama...

Mas estava nua, não adianta negar. O mordomo de Petitsantôs me contou.

Ela só queria um passeio de dirigível. Todos querem, não é verdade, Dazon? Não há nenhum mal nisso. Todas as semanas o mordomo de Petitsantôs encontra garotas apaixonadas tentando alguma coisa. Até mesmo homens, o que é uma vergonha. Mas Petitsantôs nem liga, é como se não existissem.

A vida cor-de-rosa

Quando a sege toma a pequena estrada de terra em Neuilly, a jovem pode ver o hangar que ultrapassa as árvores como uma enorme tenda árabe.

Não é possível que ele vá continuar se escondendo.

Monsieur Santôs é famoso pela excentricidade, mademoiselle.

Claro que ele é excêntrico, Maurice. Um homem que voa, você queria que fosse o quê?

O que se comenta é que monsieur Santôs exagera.

Adoro pessoas exageradas.

A sege estaciona na frente do hangar e a jovem salta sem esperar que o cocheiro venha ajudar. Maurice fica com a mão estendida, com ar contrafeito.

Espere aqui.

Não vou fugir, mademoiselle.

A jovem estanca e volta-se, surpresa, para o cocheiro.

Quando você deseja pode ser bem grosseiro, Maurice.

Mil perdões, mademoiselle, mas é que estas aventuras me deixam com os nervos à flor da pele.

Vocês, franceses, parece que vivem com os nervos à flor da pele.

E vocês, americanas, com fogo no traseiro.

O que foi que você resmungou. Maurice?

Nada, mademoiselle!

Bom, assim é melhor.

Decidida, ela desaparece na imensa porta corrediça do hangar.

La chate

Espero não estar atrapalhando nada, ela diz ao ver os mecânicos.

Ora, mademoiselle! É um privilégio ter mademoiselle aqui. A beleza sempre é bem-vinda aqui. Somos vossos fiéis servidores, mademoiselle.

A jovem responde às lisonjas com um gesto meigo e agradecido e passa os olhos pelo enorme hangar.

Ainda está voando, mademoiselle.

Será que demora?

Hoje está fazendo um dia excelente, de tempo firme. Ele procurará aproveitar o máximo.

O rosto da jovem é tomado pela decepção.

Mas ele virá, mademoiselle. Pode ter certeza.

Não posso demorar muito. Neuilly é muito longe. Se eu não estiver em casa para a ceia, minha mãe perceberá a minha ausência.

Tenho certeza que ele já notou mademoiselle.

Não precisa mentir, monsieur... monsieur?

Chapin, a vosso serviço!

Monsieur Chapin, mas o monsieur Santôs é mais famoso pela indiferença em relação às mulheres que pelos seus feitos prodigiosos.

Mas a mademoiselle é diferente.

A jovem muda para uma expressão intrigada.

Diferente?

Sim, diferente. A mademoiselle, se me perdoa a rudeza, não pretende simplesmente podar as asas de Petitsantôs.

Podar?

O mecânico fica subitamente enrubescido.

Quer dizer, mademoiselle não pretende simplesmente agarrar meu patrão e cortar-lhe as asas pelo matrimônio. Não senhora, mademoiselle é a primeira mulher que aparece aqui querendo voar, e voar de verdade... não em outros sentidos, se me entende.

Agora é a vez da jovem também corar e arfar de impetuosa vontade.

É verdade, monsieur Chapin. Eu quero voar, eu quero subir numa manhã de céu azul e olhar o mundo lá de cima...

Os outros param de trabalhar e observam em silêncio a jovem que abre os braços e parece querer levantar voo ali, perante os olhos deles.

Deve ser uma sensação inesquecível. Que modifica completamente uma pessoa. Nota que os homens a observam. Uma timidez súbita toma conta de seus gestos, de sua voz. Mil perdões, estou fazendo com que percam um tempo precioso. Ele não regressará tão cedo... mas não vou desistir...

Encaminha-se para a grande porta escancarada do hangar. Chapin ao ver a jovem afastar-se, mostra-se decepcionado.

Mademoiselle!

A jovem volta-se.

Acho que não sou bom professor, não é mesmo?

Mas claro que é, monsieur Chapin. Estou muito agradecida.

Mas já não quer mais lições de um mísero mecânico.

Ó, não me entenda mal, monsieur, mas é que... Por que não? Monsieur está com tempo?

Todo o tempo do mundo...

Enquanto ouço os ensinamentos de monsieur, o tempo passa e talvez ele me surpreenda aqui.

Os dois aproximam-se mais do N° 7.

O segredo dos dirigíveis de Petitsantôs é que são pequenos, feitos com materiais de qualidade, mais leves e resistentes. Um dirigível não necessita ter peso para ter estabilidade...

A jovem Aída observa o dirigível como se sonhasse, sem deixar de ouvir atentamente as palavras do mecânico.

Armadilhas da memória I

Trinta anos depois, Dazon não lembrava de mademoiselle Aída em Neuilly, antes de ser convidada por Petitsantôs. Muito menos Gasteau, que chegou a pôr em dúvida as aulas de aerostação ministradas por Chapin. Eles recordavam que o hangar de Neuilly era muito concorrido, como o atelier de qualquer artista famoso na época, mas só o frequentavam aqueles que Petitsantôs pessoalmente convidava. Nenhum estranho tinha permissão para entrar no interior do hangar ou circular pela oficina.

Armadilhas da memória II

Aída D'Acosta era uma jovem muito bonita, bem latina, e muito audaciosa — lembraria Goursat, o Sem, ao completar setenta anos. — Creio que era cubana. E alguma coisa de muito forte aconteceu entre eles. Infelizmente Alberto destruiu os seus diários em 1914, durante um episódio estúpido. Imaginem que tomaram Alberto por um espião alemão. Enfim, era a guerra. O trágico de tudo isso é que jamais ficaremos sabendo das coisas mais íntimas de Alberto, inclusive esse possível romance com mademoiselle Aída. Mas eu a conheci pessoalmente. Era uma criatura exuberante e decidida. Ainda me lembro das circunstâncias em que os dois se encontraram, eu estava lá, mas o que aconteceu depois é um segredo que somente ela poderá revelar...

Orfeu no inferno

Uma orquestra de câmara toca uma saltitante peça de Offenbach para uma ampla e seleta plateia de convidados elegantemente vestidos. A plateia está acomodada em cadeiras, poltronas e pufes, em um grande salão, no estilo Luís Filipe, razoavelmente charmoso em sua decadência.

Do lado de fora, as seges e carruagens vão parando e despejando os seus ocupantes cheios de brilhos, cavalheiros de fraque e mulheres de colo nu repleto de joias. A escuridão da noite é rompida pela luminosidade coruscante de lampiões elétricos espalhados pelo jardim. E, ao fundo, um palacete está fartamente iluminado, como que atraindo os ruidosos e descompromissados convivas.

Logo à entrada do palacete, junto a uma escada que leva ao salão, um criado de libré e peruca marteau vai anunciando os que chegam numa voz rouca e neutra.

Monsieur e madame Boulot... O conde e a condessa de Latour..
General e generala Fontainebleau.
O capitão Ferber e madame e mademoiselle D'Acosta.

Ancien régime

O capitão Ferber é um homem magro, muito alto, de bigodes finos e tão encerados quanto os seus cabelos negros partidos no meio da cabeça. Sobe as escadas de braços dados com madame D'Acosta, uma matrona de fortes traços hispânicos, corpo esbelto e ricamente trajada, e uma jovem de traços fortes, cabelos negros, singelamente vestida de azul-claro. A jovem não esconde o seu desagrado em estar naquela companhia, mas a matrona não para de resmungar.

Que menina travessa. Veja como está vestida, parece uma verdureira do Bronx. Um absurdo, com tanto vestido novo!

Ora, não seja tão rigorosa, ma chère madame. Mademoiselle Aída está uma verdadeira flor nesse vestido azul-claro.

Uma flor vulgar... isto é o que ela está parecendo. E já usou este mesmo vestido em duas festas. Que coisa imperdoável. Acabam comentando que estamos arruinadas.

Ninguém ousaria fazer semelhante comentário.

Está vendo, mamãe. Ninguém vai achar que estamos arruinadas. Palavra do capitão Ferber, que entende muito de ruínas financeiras.

Atrevida! Por acaso falo para o bem de uma estranha? Eu não sei o que essa jovem pensa da vida...

Entram no salão e são recebidos pelos anfitriões, um casal bastante idoso, olhares esgazeados de soberba e uma profunda convivência com o poder.

Meu querido amigo, conde de Bouvard. E como vai a minha doce condessa, sempre luminosa, irradiando virtude.

Ferber beija untuosamente a mão da condessa, mão de dedos faiscando de ouro e diamantes.

E quem são as graciosas acompanhantes do meu caro capitão?

Vou apresentá-las imediatamente: Madame D'Acosta e sua filha Aída. O conde e a condessa de Bouvard, donos do mais famoso salão de Paris...

Todos trocam cumprimentos, mas Aída se mantém indiferente.

Madame D'Acosta, mas claro — diz o conde, reconhecendo a milionária.

Bouvard puxa Ferber para um canto, quase de maneira indiscreta, enquanto madame D'Acosta tagarela com a condessa sob o olhar irritado de Aída.

O conde segura Ferber pelo braço e parece intrigado. Como você conseguiu, seu rufião!

A menina não tem nenhum pretendente. O pai está na Holanda e madame foi com a minha cara. Querido amigo, estou prestes a dar um grande passo...

A rainha do tabaco de Cuba! Cinco em cada dez charutos queimados no mundo civilizado vêm de sua fábrica em Santiago.

Elas têm uma coleção de casacos de pele que daria para forrar a estrada daqui até Cap Ferrat.

Peles? Para o verão? Você precisa civilizar essas criaturas, amigo.

Com certeza, meu caro barão.

O que lhe trará certas recompensas... materiais...

Ferber limita-se a sorrir, percorrendo com o olhar o grupo de mulheres que tagarelam até fixar-se em Aída que está à parte, ausente.

Ah! A propósito, aquela minha velha dívida de jogo...

Não me diga que vai pagá-la!

Dentro em breve, dentro de muito breve. E com juros!

Bouvard solta uma risada de incredulidade.

Santo Deus, eu já tinha perdido a esperança.

Eu sempre confiei na generosidade das famílias americanas!

O criado anuncia mais convidados:

O senhor Albertô Santôs Dumont e o senhor Georges Goursat.

Todos param de conversar e corre uma grande agitação pelo salão. As mulheres disparam gritinhos e irrompem aplausos quando o cavalheiro baixo e elegante, segurando uma bengala, entra acompanhado de outro cavalheiro forte e louro. Alberto agradece com uma timidez tão exposta que aos poucos vai desarmando aqueles mais afoitos, que não se contiveram e correram para vê-los de perto e até apertar-lhe a mão.

Aída, que até então se mantivera ausente, crava os olhos no recém-chegado. Alberto não deixa de notar a jovem que o observa com um olhar tão particularmente penetrante que, se ele fosse inflamável, já lhe teria seguramente ateado fogo. Alberto passa por ela, olha-a por uns breves segundos e logo vai beijar a mão da condessa de Bouvard. O raro acontecimento não deixa de ser notado por Sem e um leve sorriso de ironia aflora em seus lábios. Petitsantôs não era de todo um cego, como cego não era o capitão Ferber, a observar preocupado as reações de Aída.

A velha condessa recebe as celebridades com alegre cordialidade.

Meu querido Petitsantôs, mas que honra. Quero saber de tudo o que anda fazendo. Se soubesse o quanto temi que Mônaco nos roubasse você.

Petitsantôs mal consegue ouvir a condessa:

Mônaco?

Sim. Mônaco. Afinal o príncipe Alberto não lhe abriu o principado para que lá instalasse todos os seus lindos balões?

Petitsantôs é muito mal-agradecido, interveio Sem, divertindo-se. A primeira coisa que ele fez foi atirar sua alteza, o príncipe Alberto, no fundo de um barco, com um solavanco da corda-guia de seu balão...

Jesus! E o príncipe?, assustou-se a condessa.

O príncipe não calculou o peso real da corda, tenta explicar Petitsantôs, e foi arrastado pelo Nº 6.

Nº 6?

O dirigível!

Como?

Hum... o... o balão...

Ah! sim.

O Nº 6, numa segunda tentativa, foi levado facilmente até o cais e depois para o hangar. Eu ia mais depressa do que parecia...

E o príncipe?

Que príncipe?, pergunta Petitsantôs à desconcertada condessa.

Acontece que para Alberto, responde Sem, mal contendo o riso, o dirigível Nº 6 era mais importante que a saúde do príncipe de Mônaco.

A condessa de Bouvard observa Petitsantôs com indisfarçável reprovação.

Entendo! Petitsantôs não gosta de aristocratas!

Doce convívio

Alberto faz sua entrada definitiva no salão e é imediatamente cercado por mulheres de várias idades. O caricaturista Sem acompanha o amigo com uma expressão divertida. O grupo segue Alberto até um enorme sofá de tafetá grená, onde Alberto se senta e fica na berlinda. Sem afasta-se um pouco do grupo, sentando-se numa cadeira onde pode ter uma cômoda visão frontal do que vai se passar ali. Ao sentar-se, Sem puxa um bloco de papel, um fusain, e começa a desenhar.

As preciosas ridículas

Deve ser tão excitante ficar lá em cima. Eu morreria de medo, mas gostaria de experimentar. Às vezes eu tenho horríveis pesadelos. Eu estou a voar. Meu corpo fica leve e sinto um terrível formigamento na planta dos pés. Quero acordar e não posso. Vou atravessando as nuvens e vendo as pessoas lá embaixo como formigas... Geralmente acordo morrendo de frio.

Eu tenho pavor de altura, sinto vertigens até em subir numa simples escada de biblioteca.

Eu adoro vertigens.

E como Petitsantôs se sente lá em cima?

Uma voz calma e pausada. Ele responde. Poseur.

No fundo do abismo que se cava sob quem voa, a terra, em lugar de parecer redonda como uma bola, apresenta a forma côncava de uma tigela, por efeito de um fenômeno de retração que faz o círculo do horizonte elevar-se continuamente aos nossos olhos.

Deve ser tão perigoso! Monsieur é muito corajoso.

Aldeias e bosques, prados e castelos desfilam como quadros movediços, em cima dos quais os apitos das locomotivas desferem notas agudas e longínquas.

Ouvem-se os apitos das locomotivas?

O latido dos cães também. A voz humana não vai a essas solidões sem limites.

E vertigem, não sentia vertigens?

Não, não sinto vertigens lá em cima. Para dizer a verdade, sinto vertigens é aqui embaixo.

Tafetás e musselina agitam-se.

Aqui?

Navegar por salões como este, cercado de criaturas como as que neste momento me acumulam de atenção, é muito mais perigoso e complicado do que navegar lá em cima.

Petitsantôs está querendo fazer blague, não é?

Aída D'Acosta, que estivera até então longe da conversa, anima-se.

Monsieur Santôs tem razão. Eu concordo plenamente com o que ele acaba de dizer. É preciso ter a coragem da futilidade para frequentar os salões, enquanto que, para voar, basta ter a pura e simples coragem.

E a futilidade é mil vezes mais letal.

As mulheres entreolham-se. Fuzilam a intrometida.

Aída chamou para si a atenção que elas tentam monopolizar.

Mas elas resistem: Ora, não enfrentamos tempestades nos salões.

Nunca alguém perdeu a vida por desrespeitar a etiqueta de um salão.

Positivamente voar é mais perigoso. Como monsieur conseguiu superar a todos? Como faz para andar nas alturas com tanta elegância?

A menina vestida como uma feirante do Bronx retruca:

O segredo dos dirigíveis de monsieur Santôs é que são pequenos, feitos de materiais de qualidade, mais leves e resistentes. Um dirigível não necessita ter peso para ter estabilidade...

As palavras da jovem surpreendem Petitsantôs.

A senhorita parece conhecer bem a matéria.

Sou uma simples curiosa.

Petitsantôs levanta-se, faz mesuras para as outras mulheres e pergunta se Aída não deseja beber alguma coisa.

Como adivinhou?

Crônica de pobres amantes

As bebidas estão servidas no outro extremo do salão e as mulheres observam invejosas e decepcionadas os dois para lá se dirigirem. De sua cadeira, Sem acompanha o par com uma expressão de bonomia. Acaba de fazer uma caricatura onde Alberto paira sobre as senhoras, no rubicundo Nº 9, vigiado ostensivamente pelo capitão Ferber. O que o caricaturista não sabia é que registrava naquele exato momento o nascimento de uma intensa rivalidade.

O dorso dos sentimentos

Durante o resto da noite os dois não se separam. Conversam animadamente como velhos amigos, para desespero do capitão Ferber que, por duas vezes, tenta atrair a jovem para o salão. Aída, no entanto, não parece desejar trocar a companhia de Alberto pelas habilidades de dançarino do capitão. Era uma conversa tão interessante que o tempo corre e eles não percebem.

Ruídos de família

Por volta das quatro da manhã, poucos convidados ainda estão no salão e o capitão consegue finalmente que madame D'Acosta interrompa a conversa.

Aída, minha querida, já é hora de nos retirarmos.

Petitsantôs consulta o seu relógio de algibeira e protesta que ainda é muito cedo, embora se assuste porque a noite passou tão rápida. Então, muda completamente, já não tem a expressão atenciosa, olha várias vezes para o relógio e, sem dar satisfação às duas mulheres, começa a sair. Madame D'Acosta bate os cílios inconformada e quer saber quem é esse homem pelo qual a filha esqueceu o amável capitão Ferber durante toda a festa.

É algum jóquei famoso?

É, mamãe, é. Ele cavalga Pégaso.

Qual cavalo?

Nada... um cavalo da mitologia, um cavalo que voava.

Mitologia, bah! Cavalos que voam... essa menina deve estar com febre.

Quando já estava na porta da rua, Petitsantôs parece se lembrar de algo e retorna. Goursat pensa que o amigo esqueceu alguma coisa e não estava longe da verdade. Petitsantôs acerca-se de Aída, inclina-se e pergunta:

Quer dizer que teria coragem de deixar que eu conduzisse você num balão livre, sem que ninguém segurasse a corda-guia?

Não! Não quero ser conduzida! Desejo voar só, dirigir livremente, como monsieur...

Assim será, responde Alberto, voltando-se para a saída. Afasta-se apressado, sem mais uma palavra, deixando a jovem atônita no meio do salão.

O capitão Ferber parece ferver com a petulância do inventor. Madame D'Acosta, preocupada, busca entender o que está se passando ali.

Mas o que significa, hum... voar?

Aída, quase em transe, responde num fiapo de voz.

Voar!

Dentro da noite veloz

Primeiros sinais do amanhecer. O frescor da noite ainda domina o silencioso hangar de Neuilly, mas logo a imensa porta abre-se e vemos a bojuda forma do Nº 9 sair, conduzida pelos homens da equipe. Alberto, parado em frente ao seu carro elétrico, espera. Quando o dirigível já saiu inteiramente de seu gigantesco casulo, ele sobe para a cesta.

Está o balão adequadamente cheio?
Sim.
Há possibilidade de algum vazamento?
Não.
Estão corretas as condições de amarração?
Sim.
Está o motor em boas condições?
Sim.
Estão livres os cabos de comando do leme?
Sim.
Estão livres os cabos de comando do motor?
Sim.
Estão livres os cabos de comando do lastro?
Sim.
Estão livres os cabos de comando da corda-guia?
Sim.
Está a aeronave devidamente lastreada?
Sim.
Está a aeronave devidamente balanceada?
Sim.
Soltem os cabos!

O dirigível, ainda meio escondido na penumbra da madrugada, movimenta-se para cima, lançando um ruído rouco e persistente, subindo e ultrapassando o hangar para contrastar-se contra o céu que começa a clarear.

A liberdade é um esporte

O dirigível desliza pelo céu da madrugada, quase sem nuvens, sobrevoando o casario escurecido e com suas raras e bruxuleantes luzes. Um trem corta a extensão do campo como uma minúscula e rápida centopeia. O apito do trem é ouvido como o distante alarme de uma chaleira de água a ferver. O céu começa a tingir-se de vermelho no horizonte e o N° 9 aproxima-se da joia coruscante que é Paris semiadormecida.

Quem conta um conto...

Eu estava vivendo uma situação absurda — lembrava Aída. — Precisava ver Alberto outras vezes e mamãe insistia em fazer do capitão Ferber a minha companhia para aquele verão. Não que ela o considerasse um bom partido para mim, mas por algum motivo ela simpatizara com o capitão. Quando saímos da festa, mamãe pretendia fazer a noite render, embora o capitão Ferber estivesse um tanto irritado com o meu procedimento.

...Aumenta um ponto

O capitão Edmond Ferber servia no gabinete do ministro da Guerra. Em uma nomeação recente, graças não exatamente à sua competência mas a uma série de lucrativas trocas de favores nas quais o capitão era mestre. Aos 40 anos, um tanto tardiamente, ele despertava para a vida cheio de ambições. Até então se limitara a seguir uma carreira militar rotineira, porque não pertencia a uma família com tradições na caserna e sempre temera se expor em demasia. No momento em que se viu conduzido para a intimidade do ministro, sentiu que precisava queimar etapas para compensar o tempo perdido. Um bom casamento era a etapa seguinte, e para isto ele contava com a simpatia de madame D'Acosta e a esperança de vencer o orgulho da jovem milionária.

Naquela noite ele optou por um programa tipicamente de fim de noite parisiense. Levou as duas para um passeio no Halles, por entre os verdureiros, os ambulantes e a caça ostensiva das Nanás. Madame D'Acosta achou tudo interessante, até mesmo a bouillabaisse que pediram num restaurante popular. Mas os esforços do capitão não pareciam agradar Aída, que a todo momento se queixava de cansaço e suplicava que a levassem para casa.

Vagas estrelas da madrugada

O Nº 9 atravessa agora a grande cidade que desperta. As luzes ainda estão acesas e competem preguiçosamente com o sol vibrante que começa a se levantar. Alberto suspira fundo e observa o movimento dos que, por necessidade, devem acordar cedo para trabalhar. O vento sacode delicadamente o dirigível e lá embaixo, como que saindo de suas vidinhas programadas, as pessoas gesticulam e apontam para o céu.

Programa de apache

Aída ficou em casa mas madame D'Acosta seguiu com o capitão, para ver o belo espetáculo do nascer do sol nos Champs Elysées. A larga avenida estava semideserta na penumbra receosa do amanhecer. Apenas alguns raros transeuntes seguiam em passos apressados pelas enormes calçadas. Os dois iam caminhando e a sege os acompanhava em marcha lenta. A variedade de luz e sombra era prodigiosa e madame saltita logo à frente de Ferber, como uma adolescente despreocupada. O capitão a observa, desejando que a filha um dia se comportasse assim em sua companhia. Raios de sol invadiam aqui e ali a muralha de edifícios, tingindo a calçada de amarelo-ouro. Ao fundo, iridescente, o Arco do Triunfo dominava a vista em sua glória.

Uma grossa corda, pendendo de alguma coisa móvel, também fazia um insólito passeio pela avenida. Parecia ter uma força que não lhe correspondia às proporções, porque em sua passagem derrubava as latas de lixo, as pilhas de caixotes que estavam arrumadas na frente das lojas, assustava os cães vadios e dirigia-se perigosamente para o casal de boêmios que tenta prolongar a noite caminhando pela avenida. Quando a corda já estava prestes a enlear o casal e os cavalos da sege começaram a relinchar assustados, uma voz distante e incorpórea se fez ouvir, gritada por entre o zumbido rouco de um inseto gigante.

A corda! Cuidado!

Ferber voltou-se. Viu a coisa se aproximar arrastando caixotes e reagiu com rapidez, puxando madame para fora do trajeto da corda.

A mulher nem teve tempo de gritar. Olhou para cima e viu um objeto bojudo e cinzento vagando suavemente acima de sua cabeça, quase roçando nos prédios apagados, seguindo por alguma maníaca decisão o fluxo do trânsito na direção do Arco do Triunfo, onde fez uma volta elegante e foi estacionar, sem jamais descer ao chão, em frente à casa da esquina da rue Washington. Era uma visão tão surpreendente que madame mal conseguia falar.

Por Deus, o que é aquilo?

Aquilo? É o dirigível do cavalheiro que conversou a noite inteira com mademoiselle Aída.

Madame D'Acosta balbuciou algumas palavras ininteligíveis e solenemente desmaiou nos braços do capitão Ferber.

E a verdade, como fica?

Bem podia ter acontecido assim — relembra Sem, anos depois —, e quem somos nós para duvidar de testemunhas tão ilustres, não é mesmo? Alberto tinha o costume de fazer esse tipo de coisa. Chegava bem cedo no hangar, depois de uma noitada, e vinha tomar café em casa sem infringir as leis de trânsito.

Extravagante parvenu

O Nº 9 oscila levemente na frente da casa de dois pavimentos na esquina da rue Washington. Os criados de Alberto, sob o comando do mordomo, seguram a corda-guia e amarram o balão num poste de iluminação. Como um experimentado equilibrista, Alberto passa da cestinha para a sacada de uma janela onde um criado o aguarda para receber o chapéu, as luvas e a bengala.

O café da manhã já está devidamente servido e Goursat, ainda não refeito da noite, está sentado à mesa aguardando o amigo.

Tudo seria perfeitamente comum naquele café da manhã, não fosse o dono da casa ter chegado voando, o café estar servido numa mesa de quase três metros de altura, com cadeiras na mesma proporção e o criado servir a mesa em pernas de pau, com a desenvoltura de um homem de circo, a segurar a bandeja com bules fumegantes e pratos de croissants.

O Rei Eduardo chega hoje a Paris. Você não vai encabeçar o cortejo?

Eu?

Sim, você. O nosso aeronauta.

Não ficaria bem, você sabe.

Mas Paris estará exibindo todas as suas novidades para saudar o visitante.

Estou certo de que estará.

E você é a nossa maior novidade.

Na Inglaterra eles considerariam tal coisa como ostentação.

Ora, os ingleses. Quem os leva a sério?

Além do mais, a recepção de hoje é prerrogativa de vocês, franceses.

Não me diga que você ainda se considera um estrangeiro?

Eu sou brasileiro.

Eu sempre me esqueço.

Não fique aborrecido comigo.

Não estou aborrecido... Talvez você tenha razão, o Rei Eduardo com certeza estará mais interessado nas pequenas novidades.

Pequenas novidades?

O mulherio novo que entrou em serviço, depois que ele deixou de ser a dor de cabeça da Rainha Vitória. Eduardo era famoso no Maxim's.

Então é por isso que ele é tão popular aqui?

Alberto fica alguns segundos em silêncio, como que mergulhado em profunda meditação.

Em que você está pensando, posso saber?

No povo.

No povo?

No povo de Paris. É um povo que sabe como demonstrar o seu carinho.

Isto quando não está de mau humor e corta cabeças.

A princesa de Clèves

Aída não conseguiu dormir aquele resto de noite. Mal o dia clareou, ainda de camisola branca de lingerie, ela se estirou na cama desfeita, a folhear um volumoso álbum de recortes. Ali ela colecionou tudo o que a imprensa dos Estados Unidos publicou sobre o homem que ela admira. A constância de Alberto na imprensa americana podia ser medida pelo número de recortes da coleção. Eram quase cem páginas de notícias, e o seu recorte predileto mostrava um incrível clichê onde o balão Nº 6, nos céus de Paris, completava o clássico feito de contornar a torre Eiffel.

Quando a criada veio servir o café da manhã, Aída quis saber se a mãe já estava em casa. Para sua alegria, ficou sabendo que madame estava dormindo e dera ordens para não ser incomodada antes das quatro da tarde. Pulou da cama, guardou o álbum e retirou a esmo um vestido do guarda-roupa. Lavou o rosto com água fria e se vestiu com a ajuda da criada.

Mademoiselle vai sair?

Vou para Neuilly. E mamãe não pode saber.

E se ela perguntar?

Não perguntará. Estarei de volta antes que ela acorde.

A criada desaprovou em silêncio, sabia que era inútil argumentar. Aída terminou de se vestir, enrolou o cabelo e bebeu alguns goles de café, disparando para fora do quarto.

Aconteceu assim

Alberto não era apenas o homem do inesperado, Sem gostava de se lembrar. Meu amigo brasileiro era dono de um enorme sangue-frio. Quantas vezes não se envolveu em situações perigosas, e saiu delas na mais perfeita indiferença, como se o perigo tivesse ameaçado uma outra pessoa.

Na força da idade

O voo daquela manhã não ocorreu como devia. O vento começou a soprar forte e Alberto forçou a marcha, superaquecendo o motor. Uma fumaça começou a escapar da máquina e algumas labaredas eram visíveis saindo das engrenagens. O balão, cheio de hidrogênio, podia se transformar numa bomba letal a qualquer momento, se o fogo não fosse dominado. Com agilidade e sangue-frio, Petitsantôs deixa a cestinha e caminha sobre as treliças de madeira e cordas de piano, aproximando-se do motor em chamas. O balão paira a cinquenta metros de altura, mas Petitsantôs não sente vertigens, precisa é evitar que o fogo se alastre ou uma fagulha alcance o invólucro de hidrogênio. Equilibrando-se precariamente na frágil estrutura, joga areia dos sacos de lastro sobre o motor em combustão. As labaredas regridem mas a areia logo termina. Para extinguir totalmente o fogo, Petitsantôs pega o chapéu-panamá e bate contra o motor, até que não reste nenhum sinal de chamas. Cansado, as roupas chamuscadas e com o chapéu inteiramente deformado, ele volta à cestinha e faz uma descida suave, nas proximidades do prado de Longchamp. Meia hora depois está no hangar, cercado pelos aflitos mecânicos que o chamam de imprudente.

Imprudência? Mas o que não é imprudência nesse ofício?

Minha mãe não para de dizer que esse negócio de voar é contra a natureza. Se Deus quisesse que o homem voasse, teria lhe dado asas.

Já ouvi esse argumento inúmeras vezes, Gasteau.

Dazon aproveita: É um argumento estúpido.

Dazon, minha mãe é uma pessoa simples.

Com o filho que tem...

Ela tem um pouco de razão, amigos.

Tem?

A verdade é que Deus não nos deu asas, ou deu?

Claro que não.

Mas felizmente deu inteligência ao homem.

Para alguns... Deus não foi muito equânime...

Certo, Chapin. Como nem todos os pássaros conseguem usar suas asas para voar...

Isso é verdade, mas os pássaros que não conseguem voar, limitam-se a correr pela terra. Jamais pretendem voar...

No entanto, nós ousamos... e voamos. Porque os homens nunca se contentarão em estar presos ao chão.

Mas para que voar?

Para quê? Para desafiar a natureza, pelo prazer de romper algumas leis. Na verdade, não importa muito para quê, desde que o homem consiga um dia voar tão naturalmente quanto um pássaro.

Não sei onde está a lógica, sentencia Chapin.

A lógica? A lógica está em voar, responde Alberto, os olhos fixos numa silhueta que se materializou na enorme porta corrediça do hangar. Os técnicos esquecem a conversa e voltam a atenção para o mesmo ponto.

Tentando limpar a roupa chamuscada pelo fogo, Alberto vai ao encontro da silhueta feminina que parecia hesitar no portão. Aída está ali, estarrecida por ver Alberto naquelas condições.

O que foi que aconteceu, um incêndio? Enquanto voava?

Apaguei a chama com o chapéu... veja como ficou.

Mostra o panamá inteiramente amarrotado.

Vou guardar esse chapéu como lembrança.

Você podia ter explodido... o hidrogênio...

Mas não explodi.

Aída olha em volta e nota que todas as atividades cessaram.

Não quero atrapalhar...

Por favor, mademoiselle Aída.

Por que você não me chama de Aída?

Será que devo?

Sim... e gostaria de poder chamar você...

Petitsantôs?

Alberto!

Ele sorri e aquiesce com a cabeça.

Vim aqui para saber quando as lições começam...

Uma voz feminina e autoritária se faz ouvir.

Não haverá lições...

Mamãe!

O que é que o senhor está pensando, cavalheiro? Por que insiste em pôr em perigo essa jovem inocente?

Alberto ouve aquelas palavras e ruboriza inteiramente.

Madame...

E não ouse me interromper...

Por favor, mamãe, que coisa mais ridícula!

Você é que está se portando de maneira ridícula. Como se fosse uma qualquer... saindo às escondidas para se encontrar não se sabe com quem.

A senhora está sendo absolutamente injusta, madame.

Sei muito bem a sua fama, monsieur... hum... Santôs!

Não sei o que a senhora quer dizer com isso.

Pois eu lhe diria, se não estivesse aqui uma jovem inocente e eu não fosse uma senhora.

Mamãe!

Vamos embora.

Puxa a filha pelo braço e sai arrastando-a para fora do hangar.

No caminho está Maurice, o cocheiro, desolado: Aconteceu o que eu temia.

Quer dizer que...

Fui demitido.

Aída olha com fúria para a mãe.

Ele não teve culpa. É uma injustiça...

Não fique triste, miss D'Acosta... Ele não ficará desamparado. Embora eu não necessite de cocheiros, ele poderá trabalhar aqui se quiser.

Muito obrigada.

Vamos, menina, você não tem nada mais a fazer aqui.

Cabisbaixa e humilhada a jovem sobe na condução onde a mãe já está sentada. A charrete movimenta-se, seguida pela sege conduzida por Maurice.

Alberto observa a partida com a mesma ruborizada perplexidade que o dominara desde o início do incidente.

Chapin aproxima-se com uma expressão solidária.

Ela seria provavelmente uma excelente aluna.

Voar ainda merece um grande preconceito, Chapin.

É coisa para malucos, não para senhoritas como ela.

Nisto você se engana.

Alberto retorna para o hangar e deixa o mecânico intrigado.

Os mistérios de Paris

Ainda era cedo quando o capitão Ferber, exultando de felicidade, chegou ao Aeroclube de Paris. Era a primeira vez que ele visitava o Aeroclube e o seu interesse por aquelas coisas que voavam e despencavam com seus pilotos beirava a indiferença. A opinião do exército era cautelosa, mas os oficiais do Estado-Maior acompanhavam as experiências com certas reservas, se não com total desprezo, tomando os baloneiros como lunáticos pacíficos.

Mas agora ele precisava observar melhor aquela gente, porque o seu rival no coração de mademoiselle Aída era um daqueles malucos. Por isso, estava ali à procura da pessoa certa que lhe daria as informações que precisava para neutralizar de uma vez por todas o inimigo. Como homem astuto que era, não podia confiar apenas na firme oposição de madame D'Acosta à amizade da filha por aquele tipinho mirrado e estrangeiro.

O homem que Ferber procurava era o presidente do Aeroclube.

A que devo a honra? Você nunca foi desportista, muito menos um aficionado de balões.

Você sabe que eu sempre preferi arriscar o meu pescoço em coisas menos perigosas, meu caro Archdeacon.

— Menos perigosas? E desde quando colocar chifres nos homens casados é uma atividade sem perigo?

— Ora, a França é um país civilizado...

— Jamais imaginei que a palavra civilizado significasse também maridos complacentes.

— Eu não chegaria a tanto, mas diria que a civilização ajuda os maridos a compreenderem melhor o sexto mandamento.

— Mas você não veio aqui discutir civilização e maridos compreensivos.

O presidente observa o capitão com uma expressão irônica.

— Ferber, o que é que você anda tramando?

O capitão olha em volta, conspirativo.

— É sobre um colega de vocês!

Ao ouvir a resposta, Archdeacon leva o capitão para o seu hangar, onde tem um pequeno escritório decorado no estilo inglês. Senta-se numa poltrona e oferece outra ao capitão.

— Quer beber alguma coisa?

— Um Porto, está quase na hora do almoço.

Archdeacon levanta-se, abre uma estante e, descerrando uma falsa fileira de lombadas de grossos livros, revela uma coleção de bebidas. Apanha uma garrafa de Porto e serve em duas pequenas taças.

— A vossa saúde!

— A nossa!

— É sobre o Petitsantôs!

Archdeacon engasga-se com o vinho do Porto e tosse quase todo o gole que acabam de dar com volúpia.

— Por Deus, o que está acontecendo? Ferber se assusta e bate nas costas do volumoso presidente do Aeroclube. Bate com insistência e até com uma certa violência provocada pela afobação.

Pare de me bater, ou vou acabar tísico.

Perdão... mas eu só tinha perguntado pelo...

Sim, eu ouvi... por favor, não repita o nome...

Mas... mas por quê?

Por quê? Ora, por que não importa. Além do mais ele não tem mais hangar aqui.

Ah! que pena. Você não gosta dele nem um pouco.

Não vem ao caso se gosto ou não desse senhor.

De onde ele é?

Do Brasil, nasceu em Buenos Aires, acho!

É rico?

Basta dizer que financia seus projetos com recursos próprios.

E esse nome, Dumont? Não é francês?

Parece que é de uma família de joalheiros.

Burgueses.

Sim. Mas a fortuna dele vem do café.

Ah!, café. A principal riqueza da Argentina.

E em vez de ter ficado lá, em meio aos canibais, veio para cá se pavonear. Já fez de tudo para aparecer. Promoveu corridas de triciclos no velódromo, andou em todos os salões e descobriu a aeronáutica.

Ele quase me atropelou esta manhã... com um balão.

O Aeroclube não se responsabiliza pelos danos causados por inabilidades dos sócios, se é isso que você quer saber.

Não se preocupe, não quero uma indenização. Eu gostaria era de poder atropelá-lo de alguma forma.

Quer alugar um balão? Custa 4 mil francos a subida.

Ferber solta um assobio.

Por Deus, é assim tão caro!

Sem contar as apólices de seguro por possíveis danos a terceiros.

Ferber levanta-se.

Você tem de me ajudar, Archdeacon. Preciso destruir esse homem.

Mas... mas por quê?

Ele está seduzindo a mulher que eu amo.

Não acredito. Então o feitiço está virando contra o feiticeiro. O sedutor Ferber encontrou um rival, quem diria!

Você pode brincar, mas a coisa é séria. Se esse elemento casar com ela, ficará ainda mais poderoso. Ela é milionária, Archdeacon. E herdeira universal, você não compreende? Se ele puser a mão nessa fortuna, vai poder fazer misérias.

E você vai continuar pobre, capitão Ferber.

Archdeacon pensa alguns segundos, imagina Petitsantôs com mais dinheiro do que já tem, financiando ousadíssimos projetos sem limitações financeiras ou barreiras econômicas. Ele sabe que Petitsantôs é bom, é um dos melhores, mas não tolera a maneira jactanciosa com que trata os seus colegas. Talvez uma pequena ajuda ao pobre capitão Ferber sirva para dobrar um pouco o imenso orgulho de Petitsantôs. Ferber é um talento para intrigas e, ferido como está, bem pode causar alguns danos irreparáveis ao rival.

E então, Archdeacon?

Não vai ser fácil, Ferber. Petitsantôs não é brincadeira. Ele não depende de ninguém. É o melhor e o mais popular dos sócios do Aeroclube. Não sei como você poderia sequer arranhar a reputação dele.

Ele fascinou a garota. Se eu pudesse mostrar que ele é uma fraude.

Petitsantôs não é uma fraude. E tenho de reconhecer que ele está sempre na frente, fazendo algo que nós nem suspeitamos. É um grande mecânico.

Você tem certeza de que ele está sempre na frente?

Archdeacon sacudiu a cabeça confirmando. Esta era a verdade. Petitsantôs sempre surpreendia. Seus dirigíveis eram os mais perfeitos e definitivos que existiam. Seriam assim daqui a cinquenta anos.

Ferber se movimentou nervoso pelo escritório, observando os projetos desenhados em papel vegetal e presos nas paredes por tachas de metal. Os silêncios de Archdeacon já o estavam aborrecendo. Não podia aceitar que aquela figurinha ridícula fosse tão invulnerável e começava a acreditar na opinião dos oficiais do Estado-Maior. Archdeacon não passava de um louco manso.

Apontou para um dos projetos e perguntou o que era.

É um mais-pesado-que-o-ar.

Não parece em nada com um balão.

Não é um balão. É um avião...

Archdeacon disse aquilo e deu um pulo da cadeira.

O que você está vendo, Ferber, é o futuro!

O capitão olhou o presidente do Aeroclube com desprezo.

Você não está entendendo?

Entendendo o quê, Archdeacon?

Os dirigíveis entraram num beco sem saída, o futuro está no mais-pesado-que-o-ar. Todos nós estamos trabalhando nisso, mas as dificuldades são enormes. Se alguém conseguir voar primeiro num mais-pesado-que-o-ar espalhará sombra até mesmo em homens como Petitsantôs, você me entende?

Você não está pensando que eu voaria numa coisa dessas, Archdeacon!

O pântano da memória

Trinta anos depois. Aída D'Acosta caminharia até a janela de seu apartamento, olharia a luxuriante vegetação do Central Park, observaria os jogadores de cricket em seus trajes de verão, alheios aos transeuntes que caminham apressados pela calçada do lado leste, e lembraria de Alberto.

Ele não falava muito, era um homem silencioso, taciturno. Poucas vezes conversamos de fato. O nosso entendimento parecia dispensar as palavras. Algumas vezes ele desaparecia de vista, sumia. E eu, claro, não me continha, ia atrás. Quando ele me via, parecia surpreso, como se não merecesse o meu interesse. De todos os nossos encontros, apenas em um ele se deixou mostrar completamente, até mesmo de uma maneira vulnerável. Não tenho ideia do que estava acontecendo com ele, mas acho que foi a nossa única conversa sobre coisas realmente íntimas, pessoais...

Talvez alguns venham a pensar que eu não passava de uma menina boba, um tanto atirada, fascinada por uma celebridade. E Alberto era uma celebridade naquele tempo. Hoje, depois da guerra, fica difícil imaginar, mas ele era com toda a certeza a pessoa mais popular de Paris em 1903. Por isso, no princípio, é bem possível que o meu interesse por Alberto tenha sido uma grande atração pela celebridade. Mas depois, quando fomos nos conhecendo melhor e passei a frequentar o hangar de Neuilly, o nosso relacionamento foi se aprofundando, criando cumplicidades, ganhando um sabor tão intenso que minha mãe entrou em pânico. Mas eu era muito imatura, minha segurança era apenas aparente, e não tive coragem de enfrentar a minha família. Mas quantas mulheres teriam essa coragem em 1903?

Quanto a ele, não posso acusar de nada. Eu sei que ele nunca me deu nenhuma certeza, nunca declarou com todas as letras que me amava, mas isto parece que é uma exigência tipicamente feminina. Naquele tempo os homens eram muito sisudos, sérios e compenetrados. Em público, então, as regras de etiqueta eram bastante rígidas e as pessoas se comportavam como se as roupas fossem armaduras de ferro. E Alberto era assim, um homem bem de seu tempo, um pouco distraído por viver pensando nos seus inventos, mas em nada diferente quanto à austeridade.

Ele tinha, no entanto, uma lógica toda especial, tipicamente latina. E quando queria, quando se libertava da timidez, era um homem espirituoso.

Chapeuzinho Vermelho

Uma noite agradável trouxe muitos transeuntes para as calçadas estreitas de Montmartre. Os passantes formam uma massa alegre de artistas, apaches com suas mulheres, outras tantas mulheres solitárias, estudantes e os cavalheiros trajando a moda "Petitsantôs". As brasseries e restaurantes estão cheios, com mesas espalhando-se pelas exíguas calçadas. No meio daquelas pessoas que desfrutam o raro mormaço do verão, vem caminhando Aída, meio arisca, quase encolhida contra as paredes, indiferente às constantes abordagens que o seu tipo forte e latino desperta. A jovem finalmente entra num pequeno restaurante apinhado de gente, imediatamente localizando Alberto que animadamente conversa com dois cavalheiros e uma mulher.

Aída aproxima-se da mesa sem dar importância ao maître que faz reverências em torno dela.

Alberto, que até então não dera pela sua presença, parece pressentir algo no ar e dirige o seu olhar para a moça. Levanta-se abruptamente, deixando seus amigos um tanto assustados.

Aída! O que aconteceu?

Fui até a tua casa, lá me informaram que você tinha vindo para cá. Você está sozinha?

Sim, mamãe pensa que estou na casa do embaixador de Cuba. Eu precisava falar com você.

Eu sei, eu também.

Os dois sorriem e trocam olhares de cumplicidade.

Venha sentar...

Não, fica para outra vez. Eu devia ter avisado. Não quero atrapalhar nada...

São amigos brasileiros... venha conhecer... você vai gostar...

Brasileiros?

Venha, só um pouquinho. Depois eu levo você em casa. Puxa a moça pelo braço até a mesa, os cavalheiros levantam-se.

Esta é a senhorita Aída D'Acosta... Este é Antônio Prado, um grande amigo meu, mademoiselle Maria Cristina Penteado, uma amiga dileta, e o dr. Manoel Bonfim, escritor....

Todos trocam cumprimentos.

Meus amigos, sinto interromper o nosso jantar, mas preciso ir...

Você nos abandona? Lamenta o empresário.

Ora, não o culpe. Ironiza a jovem Penteado.

Se o motivo é a senhorinha D'Acosta, está perdoado, diz o escritor.

Alberto nada responde, inclina-se para beijar a mão de Cristina Penteado e bate efusivamente nos ombros dos amigos, despedindo-se. Aída faz uma tímida mesura.

A idade da razão

Saíram do restaurante e desceram meia quadra, até o Roadstar que ficara estacionado na place du Tertre. Ao ver o carro, Aída se surpreende.

Carro? Pensei que você não se dignasse mais a andar nessa coisa superada e sem futuro.

Maquinalmente ele retruca, preocupado: Você se engana, o automóvel veio para ficar, mas isto não importa... A sua mãe vai acabar sabendo que você não esteve na casa do embaixador de Cuba.

Não se preocupe, é problema meu.

Você costuma mentir?

Estou aprendendo agora. E o culpado é você, Alberto.

Pela primeira vez corromper alguém me traz prazer.

Chegam finalmente onde o automóvel elétrico estava estacionado. Alberto abre a porta para Aída.

Já andou de automóvel antes?

Já...

Onde? Aqui em Paris?

Aída sobe no carro e Alberto assume os controles.

Em Newport, em Rhode Island, temos uma casa lá.

E você tem um automóvel?

Não, eu não tenho. Meu pai é que tem: três.

Você passeia com o velho, então?

Às vezes... em geral prefiro passear com um amigo.

A jovem observa ostensivamente a reação de Alberto. Ele franze o cenho e faz o carrinho partir com um zumbido. Descem a rua em ladeira na direção de Pigalle, e não trocam mais nenhuma palavra. Finalmente, quando atravessam uma rua lateral de Pigalle, Alberto quebra o silêncio.

Esse amigo, por acaso, é um namorado?

Quem, Vanderbilt?

Vanderbilt?

Somos vizinhos, mas não é meu namorado. Eu não tenho namorado.

Acho que você está aprendendo muito rápido.

Aprendendo o quê?

A mentir. Não acredito que não tenha um namorado.

É verdade, eu não tenho namorado.

Está bem...

Voltam a cair num silêncio cheio de significações e troca de olhares, enquanto o carro desliza pelas ruas movimentadas de Paris.

Sabe, é a primeira vez que saio à noite sozinha.

Vocês moram em Newport?

Só uma parte do ano, quando passamos o verão nos Estados Unidos. Nós moramos em Nova Iorque, no Central Park East. Por quê?

Eu conheço Newport, estive na casa dos Astors, eles negociavam com o meu pai. Quando visitei os Estados Unidos no ano passado, eles me ofereceram uma festa.

E gostou dos Estados Unidos?

Eu gosto da França.

Eu só gosto de Nova Iorque. Detesto Newport, tudo lá é falso e pretensioso. Um lugar construído para as pessoas se exibirem. Foi por isso que mamãe obrigou papai a construir uma casa lá.

Passei pouco tempo em Nova Iorque, mas não senti nenhuma simpatia pela cidade. Achei muito suja, parecia que estava ainda sendo construída.

Você precisava passar mais tempo por lá, acho que é a cidade mais incrível da América.

Será? Você já esteve no Rio de Janeiro?

Não, nunca estive no Rio. Interessante, eu não teria pensado no Rio como uma cidade da América.

Mas fica na América, não fica?

Sim, claro. Mas é a mesma coisa que tentar dizer que nós, cubanos, somos americanos.

E por acaso não são?

Acho que sim. Cuba fica no Caribe, não fica?

E o Caribe fica na América.

Acontece que a palavra americano só é usada para os que nasceram nos Estados Unidos.

É verdade, mas eu nunca tinha me dado conta realmente disso. Eu sempre me considerei americano também.

Talvez porque você tenha nascido no Brasil. O Brasil é um país grande, não é?

O tamanho de um país não tem a menor importância. Às vezes eu tenho a impressão de que o Brasil é uma ilha menor que Cuba, se você me entende.

Mas é um país rico, não é?

Muito rico, tão rico que nos acostumamos a desperdiçar.

Você não está sendo muito severo?

Não, é a pura verdade. E isto me deixa muito triste, sabe.

Eu também fico triste quando penso em Cuba.

Você vai muito a Cuba?

Meus pais se mudaram para Nova Iorque quando eu tinha doze anos. Voltei muitas vezes, para passear. Temos propriedades lá, e uma casa de veraneio na praia. Em Varadero, já ouviu falar?

Não.

É a praia mais exclusiva de Havana, e muito linda...

Você não gosta nem um pouco de ser rica, não é?

E você, gosta?

Eu? Nunca pensei nisso, quero dizer, nunca parei para pensar sobre o dinheiro que eu tenho. Nunca precisei fazer esforço para ganhar dinheiro.

Eu às vezes penso nisso, e fico meio revoltada.

Bobagem, não podemos fazer nada. O meu dinheiro, por exemplo, herdei do meu pai. Ele trabalhou muito, ficou rico plantando e vendendo café. Mas um dia adoeceu, ficou paralítico numa cadeira de rodas. Morreu triste e revoltado...

Eu sinto muito!

Antes de morrer, ele vendeu tudo o que tinha e dividiu o dinheiro com mamãe e os filhos. Um dia ele me chamou, eu estava com dezessete anos. Me deu a emancipação e me disse, eu nunca mais vou esquecer: "Aqui está este capital. Vá para Paris, lugar perigoso para um rapaz. Vejamos como você se faz um homem. Eu não gostaria que você se tornasse professor. Estude Física, Química e Eletricidade. Estude estas matérias e não se esqueça que o futuro do mundo está na Mecânica. Você não precisa preocupar-se em ganhar a vida, eu lhe deixarei o suficiente para viver." Acho que mamãe nunca entendeu por que ele fez isto.

E você, entendeu?

Não sei, não tenho certeza. Eu convivi bastante com ele no ano que antecedeu ao acidente. Eu estava crescendo e ele me acompanhava com interesse. Os outros eram mais velhos, minhas irmãs já estavam moças. Eu sempre gostei de mecânica, vivia mexendo nas máquinas da fazenda, fazia consertos, e ele aprovava. Papai era um homem muito prático, mas não era apenas isto. De vez em quando ele me dava um livro de Júlio Verne. Me deu a coleção inteira e eu li todos eles maravilhado.

Júlio Verne? Eu gosto do H. G. Wells.

Quando papai sofreu o acidente, deve ter se dado conta que não adiantava nada a fortuna que tinha acumulado. O dinheiro virou uma coisa tola, inútil para ele. Não lhe servia nem para restituir a saúde. E ele tentou de tudo, pagou os clínicos mais dispendiosos de Paris. Acho que foi então que ele resolveu livrar os filhos da responsabilidade de gastar a vida, aumentando o que ele já tinha acumulado com tanto sacrifício, no meio do sertão paulista.

Ele parecia ser um homem maravilhoso.

Estudou Engenharia aqui em Paris, com muita dificuldade porque era pobre. Um padrinho pagava os estudos, ele não podia falhar, tinha de resistir a todas as tentações dessa cidade.

O carro atravessa o Bld. St. Michel na direção de Montparnasse. As ruas seguem movimentadas, rutilantes de luzes. Aída caiu numa contemplação muda, olhando para as mãos esguias que ela contorce sobre o colo. Alberto estaciona o carro nas proximidades das termas romanas, onde há penumbra e um movimento mais rarefeito de transeuntes ou veículos.

Acho que estou falando demais.

Não, por favor.

Eu não costumo ser assim, mas...

Mas?

Não sei... hum, você me inspira confiança... Peço desculpas pelo ridículo de lhe fazer confidências...

Estou comovida.

Ficou comovida com a história do meu pai?

Ó, não! Fiquei comovida por você confiar em mim...

Estou morto de vergonha.

Aída estende uma das mãos que mantivera contorcendo sobre o colo, e com uma ligeira hesitação, acaricia o rosto de Alberto.

Gostaria de um dia poder retribuir...

Alberto recebe a carícia com uma contida avidez, mas sem tomar qualquer iniciativa. Depois, toma a mão que o acaricia e beija-a. Aída retira a mão com um gesto temeroso.

Por que você me contou tudo isso?

Por quê? Não sei... por nada... Talvez porque você queira voar.

Voar é muito importante para você, não é?

É, é muito importante.

Mas é tão absurdo, pensando bem.

É absurdo sim... mas talvez menos absurdo que acumular dinheiro, sem nenhum risco...

Sem nenhuma aventura.

É...

Por isso a minha vida é tão triste.

Triste?

Porque as mulheres não podem pensar em aventura.

Podem! Quem disse que não?

Ninguém, mas tem sido assim... Alberto, já é tarde...

Orgulho e preconceito

O carro está estacionado em frente ao prédio onde Aída mora, na rue Edgard Quinet. A rua, como sempre, está vazia, os lampiões deitam a luz baça nas largas calçadas e os plátanos viçosos escondem boa parte das fachadas em pedaços de escuridão.

Alberto salta e abre a porta do carro, ajudando Aída a descer. Ela caminha para o prédio e Alberto retorna ao carro, onde fica esperando que a moça desapareça. Mas ela retorna, apressada.

Falamos tanto que eu já ia esquecendo uma coisa.

Sim?

Convenci minha mãe a me deixar frequentar um curso de Arte na Sorbonne. Todas as manhãs, das dez ao meio-dia. Mas eu pretendo estudar outro tipo de Arte.

Ótimo!

Impulsivamente, Aída beija Alberto e sai correndo. Ele fica ali, extasiado, com a mesma expressão que aflora nos voos mais belos e arriscados.

Aos olhos dos amigos

Jamais Alberto externou qualquer opinião desfavorável ao Brasil em minha presença — lembrava Sem, meses antes de morrer. — Ele pouco falava sobre o seu país, embora eu demonstrasse curiosidade em saber a respeito dos costumes e das coisas do Brasil. Se hoje, em pleno 1932, pouco se ouve falar do Brasil aqui, imaginem naquele tempo. Alberto só se interessava por aeronáutica e por uma boa noitada de vez em quando. Mas talvez com mademoiselle D'Acosta tenha sido diferente. Com uma latino-americana como ela, se sentiu livre, quem sabe, para fazer comentários que jamais faria em minha presença, sendo eu francês.

Sempre os amigos

Mas claro que ele era um homem apaixonado pelo Brasil — sempre repetia Antônio Prado. — O Alberto, se tivesse sido um político, teria sido um liberal progressista. Ele às vezes sofria com as notícias que recebia do Brasil, e jamais esqueceu que era um brasileiro vivendo voluntariamente no estrangeiro, nunca se iludiu que podia ser um francês, ainda que o sangue francês corresse em suas veias...

O turista aprendiz

O Nº 9 navega embalado por uma brisa gentil, nesta manhã de sol radiante e poucas nuvens num céu azul puro. Lá do alto, enquanto observa a riqueza de tonalidades de verde do Bois de Boulogne, Alberto não pode deixar de notar o movimento de carruagens de luxo e carros extravagantes a transportar lindas mulheres de colo quase nu, que lhe acenam alegres com lencinhos de cambraia, semiescondidas por guarda-sóis de renda.

Um oficial cheio de futuro

Uma daquelas belas carruagens representava um esforço extra para o garboso oficial do exército que ia sentado entre duas damas. O aluguel da carruagem e a conta que teria de pagar no restaurante representavam uma boa fatia de seu soldo de capitão. O exército francês pagava muito mal aos seus homens. Ainda assim, o jovem simula despreocupação, o Bois de Boulogne está concorrido e faz um dia firme, arejado por uma brisa perfumada. A dama mais nova se vestiu sem ostentação e está belíssima com o seu chapéu de renda. A dama mais velha parece uma vitrine ambulante da Cartier, tantas são as joias que exibe. Bastava o solitário que ela leva no dedo da mão direita para resolver alguns dos problemas mais urgentes do capitão Ferber.

O capitão, no entanto, só tem olhos para a outra joia que segue calada ao seu lado, num contraste flagrante com a mãe que não para de tagarelar. Madame não estava acostumada a acordar tão cedo e nem mesmo a perspectiva de um almoço com um dos melhores chefs de Paris parece aplacar sua irritação.

O pior é que o estado de ânimo de madame não dava ao capitão nenhuma possibilidade de estabelecer uma conversa agradável e inteligente com a pessoa que ele pretendia impressionar. Aída o recebera aquela manhã com grande cordialidade, mas ele desejava muito mais que isto. A moça parecia triste, e ele sabia que ainda devia estar chocada com a humilhação passada no hangar de Petitsantôs. Madame tinha sido brusca e intempestiva, e tratara a filha como se ela não passasse de uma criança sem vontade própria. Ferber desaprovara a atitude de madame, mas guardara suas restrições. Madame era explosiva e pelo menos não revelara a participação dele no caso, o que poria tudo a perder.

Ferber destacara um homem do gabinete do ministro para seguir os passos de Petitsantôs. Esperava compor um relatório sobre a vida pregressa do rival e encontrar um meio de se livrar dele, mas a primeira descoberta fora chocante: Aída estava frequentando regularmente o hangar do desgraçado.

Repouso dos guerreiros

No Les Cascades as mesas do terraço, as mais cobiçadas, estão quase todas ocupadas por oficiais do exército. Notórias frequentadoras do Bois de Boulogne gravitam em torno dos oficiais, enquanto lá fora o movimento de carruagens aumenta. Um trio de cordas toca suavemente Beethoven.

Mas o que é isto? Um bivaque?, ironiza madame D'Acosta ao entrar no restaurante.

Meus companheiros sabem que a comida é soberba.

O maître vem receber o capitão e suas convidadas e indica uma mesa situada num canto, protegida por um caramanchão de trepadeiras floridas.

Atravessam o salão e Ferber vai acenando para quase todas as mesas.

Não sabia que era tão popular, capitão, comenta Aída.

Ferber se derrete: são colegas do Ministério, mademoiselle.

A modéstia do capitão acaba cativando Aída e eles trocam gentis trivialidades. Dois garçons chegam para anotar o pedido e Ferber tem a oportunidade de demonstrar seus conhecimentos de cozinha francesa. Tudo segue na mais perfeita paz e a esperança de Ferber cresce, mas do lado de fora os cavalos começam a relinchar e a patear, provocando alvoroço entre os cocheiros. A esperança do capitão desaba no instante em que o Nº 9, perigosamente roçando nas árvores, surge pairando sobre o terraço, atraindo a atenção de todos.

A proximidade torna o bojudo dirigível uma aparição assustadora. Os militares observam petrificados, disfarçando o medo que sentem, outros mais previdentes, como madame D'Acosta, protegem o chapéu. O capitão Ferber limita-se a fechar a cara e a olhar desalentado para Aída que está pálida, os olhos brilhando e a respiração acelerada. Ouve-se, então, uma voz:

Por favor, cavalheiro.

Aída percebe que Alberto chama pelo capitão, mas este tem o rosto congestionado como se prestes a sofrer um ataque cardíaco.

Capitão... capitão!

Ferber se recompõe e volta os olhos para Aída.

O senhor está se sentindo bem?

Sim, sim, estou muito bem. Gostaria de...

Cavalheiro!

Acho que ele quer falar com o senhor, capitão.

Comigo? Pois não?

Preciso de sua ajuda, cavalheiro. Quer por favor atar a corda-guia?

Corda-guia?

Sim, esta corda que pende do balão.

Ah! perfeitamente...

Apanha a corda e amarra num gradil de ferro.

Muito obrigado.

Petitsantôs desce tranquilamente, num salto lépido. Passa pela mesa do capitão Ferber, se inclina respeitosamente para os três e dirige-se para a mesa que lhe foi previamente reservada. O maître aproxima-se, cauteloso, sem tirar os olhos do balão que paira sobre o terraço.

Um calvados, por favor!

Sim, Petitsantôs.

O maître faz um gesto para um garçom e transmite o pedido. Imediatamente o calvados é servido.

Alberto comporta-se com a maior naturalidade, ignorando os olhares de espanto dos oficiais do exército e o ar de reprovação de madame D'Acosta.

Bebericando o calvados, ele sabe que está causando o efeito que lhe interessa. Não esperava encontrar Aída ali, mas quase já se acostumara com os favores da sorte. Depois de bebericar o seu calvados, retira do bolso alguns francos, põe sobre a mesa e se levanta. Dirige-se para o balão, mas antes de subir na cestinha é cercado por um grupo de militares.

Monsieur Santôs, desculpe importuná-lo.

Ora, por favor, senhores!

Eu e meus camaradas ficamos muito impressionados com a facilidade com que parece conduzir esse balão.

É um aparelho muito fácil de conduzir. Ele foi projetado como um balão de passeio.

O oficial sorri e apressa-se a demonstrar espírito:

Por isso é conhecido como "La Balladeuse", não?

Petitsantôs gratifica-se com a insinuação:

Foi o nome que o povo escolheu. Mas em que posso servi-los?

Bem, como monsieur sabe, teremos a grande parada do 14 de julho.

Sim, claro...

Estivemos conversando, e... quer dizer... se monsieur participasse da parada com o balão?

Seria uma honra.

O senhor ministro da Guerra ficará muito feliz...

E o senhor presidente também.

Mas não queremos forçá-lo.

Aceite isto como uma sugestão.

A ideia é magnífica. Se os ventos do 14 de julho forem favoráveis... Como os cavalheiros sabem, somos escravos dos ventos...

Sim, os ventos...

Mas terei em mente o vosso convite.

As conquistas da ciência francesa devem ser mostradas ao povo. Além do mais, teremos a presença de alguns potentados estrangeiros...

Compreendo.

Despede-se dos oficiais e, num salto, volta a bordo do Nº 9. Examina criteriosamente as condições do balão, enquanto os oficiais se afastam.

Cavalheiro!

Ferber, que procurava ignorar a inusitada presença, olha para cima.

A corda?

Como?

A corda. Quer, por favor, desatar?

Ferber levanta-se contrafeito e vai desatar a corda.

Alberto dá a partida no motor e começa a levantar voo, ronronando.

Aída não pode deixar de admirar a bela manobra que o Nº 9 acaba de fazer e se levanta da cadeira. Da cestinha, segurando o leme, Alberto manda um beijo para ela.

Este homem é um louco, protesta Ferber. Essas coisas são terrivelmente inseguras, o hidrogênio é altamente instável. Ele poderia ter causado uma tragédia. Vou sugerir ao ministro que mande proibir esses voos...

Madame D'Acosta, refazendo-se do medo, aprova integralmente o desabafo do capitão. Aída sacode a cabeça e olha com piedade para os dois.

O capitão deve aproveitar e sugerir ao ministro que proíba também o automóvel, a eletricidade e o telégrafo sem fio.

Um pouco dos trópicos

Na residência de Antônio Prado está reunido um pequeno grupo de amigos. As mulheres jogam bilhar enquanto Antônio Prado, o escritor Manoel Bonfim e Alberto bebem vinho e conversam.

Então os militares apenas sugeriram...

Antônio, você que é um homem bem-informado, deve saber muito bem o que significa receber sugestões de um militar...

E você vai aceitar?

Depende dos bons ventos... engraçado, as sugestões militares sempre dependem de bons ventos...

Os cavalheiros riem atraindo a atenção das mulheres. Cristina Penteado quer saber o motivo do bom humor.

Do que é que vocês estão rindo? É algo de que uma dama possa rir também?

Estamos rindo dos militares.

Dos militares?

Mas que mau gosto.

Será que vocês não sabem rir de outra coisa?

Me admiro de você, Bonfim. Pensei que estivesse rindo do Sílvio Romero.

Um clima de constrangimento se abate entre os homens, mas Bonfim trata de dissipar.

O diabo é que não é possível rir do Sílvio Romero...

Por que não? Ele nem leu o teu livro.

Mas sabia perfeitamente o que estava defendendo.

Alberto tenta acompanhar a conversa mas não sabe do que se trata.

Nosso amigo Alberto está voando.

Isso eu sempre estou.

Ele já é quase um francês, não vai se interessar por este assunto.

Que assunto?

Antônio Prado levanta-se e apanha um livro da estante.

O livro é *América Latina: males de origem*.

O nosso amigo Manoel Bonfim acaba de publicar este livro aqui em Paris.

Entrega o livro a Alberto que folheia e lê a contracapa.

São apenas algumas ideias que venho desenvolvendo.

Ideias muito inocentes, por sinal.

Nosso amigo diz que é um sofisma a teoria que explica o atraso do Brasil pela participação de raças inferiores como os pretos e os índios.

Que essa teoria é mentirosa, não há dúvida.

Mas como explicar o progresso da sociedade branca de países como os Estados Unidos e o atraso do Brasil com uma população mestiça e escura... Olha, eu não sou racista, acho até que os negros têm o direito lá deles, mas...

A culpa do atraso brasileiro é nossa, não dos negros. Somos nós, senhores brancos, que vendemos os interesses do país por qualquer tostão furado, que mantemos os negros na ignorância...

O senhor escreveu isto aqui neste livro?

Escrevi, é o que eu penso...

Mas o Sílvio Romero espumou de raiva e acabou com o livro num artigo de jornal.

Os críticos não importam.

Sílvio Romero não importa?

Gostaria de ler o livro. Parece mais importante para o Brasil que os meus balões.

Darei um exemplar autografado.

Pensei que você não fosse de ler, Alberto.

Eu leio as coisas importantes.

Ele está até escrevendo um livro.

É verdade, Alberto?

É... mas não sou escritor...

Mas está escrevendo em francês.

Acho que o francês me ajuda a explicar melhor o assunto.

Já tem um título?

Vou chamar de *Dans L'Air*...

Lindo título, por acaso a inspiração veio daquela beleza cubana?

Alberto mostra-se agastado com a amiga indiscreta.

Desculpe, Alberto. Mas você sabe que eu estou morrendo de ciúme.

Não há motivo.

Como não há? Eu soube que você vai deixar a moça subir sozinha no balão. Se isso não é motivo para ciúme...

E você, teria coragem?

Eu, subir "naquilo"? Nem morta! Não esqueça que nasci em Piracicaba, sou caipira convicta. O chão é o meu lugar.

Pois ela quer subir, tem coragem.

Ah! não me diga!

Ora, Cristina, não vê que o nosso aeronauta foi finalmente agarrado?

Eu não esperava viver esse dia. Logo quem, o nosso querido e obstinado Alberto, o que passava pelos salões repletos de lindas mulheres como se continuasse a bordo de um balão.

Vocês estão deixando o nosso amigo constrangido com essa tagarelice boba.

Boba? Não é pouca coisa. Um Dumont com a herdeira do império dos D'Acosta.

— Então você já andou investigando a moça?

— O assunto está em toda Paris. E a mãe, uma parvenue, meio caricata, não está nada feliz...

— Pelo amor de Deus, Cristina! Que conversa é esta? Eu nem ao menos conheço direito madame D'Acosta. Encontrei com ela uma noite em casa do conde de Bouvard. Nem a reconheceria se a encontrasse na rua...

— Você não terá problemas em reconhecer a criatura. Ela anda mais carregada de ouro que um daqueles antigos galeões espanhóis. Vocês sabem como são essas latino-americanas!

— Que coisa mais ridícula...

— Não, não se melindre, meu querido, a filha não saiu em nada à mãe.

Alberto, que a cada observação ficava mais irritado, levanta-se.

— Está ficando tarde...

— Está vendo o que você conseguiu, Cristina? Alberto já vai embora.

— Devo ir, realmente. Mas não se preocupe, não estou aborrecido. Eu não consigo me aborrecer com Cristina, e ela sabe disso. Ela sempre foi assim, venenosa.

— Se a minha rival realmente subir, eu talvez me anime. Quem sabe no Brasil?

— No Brasil? Eu é que não sei se me animaria a subir por lá.

— Mas por quê? Os céus do Brasil não servem?

— Os céus são magníficos. O problema está em terra.

— Em terra?

— No Brasil não é de bom-tom que as coisas sejam feitas. Elas devem ser planejadas, alardeadas, faladas, mas jamais executadas. Portanto, minha querida Cristina, você pode ser uma autêntica aeronauta brasileira, basta que anuncie nos jornais o seu projeto de subir num balão...

Alberto faz mesuras aos amigos e é acompanhado por madame Antônio Prado até a porta da rua.

Palavra de amigos

Quando soubemos que a jovem cubana ia voar no Nº 9 — lembrava Aimé, anos depois —, ficamos todos perplexos com a novidade. Petitsantôs era muito ciumento, não permitia que ninguém voasse em seus aparelhos. Nem aos que trabalhavam no hangar ele concedia esse privilégio. Até mesmo Chapin nunca conseguira permissão para voar, embora sempre tentasse. Ficamos um pouco aborrecidos com aquela atitude um tanto volúvel e inesperada para um homem sempre tão austero, mas ninguém ousou fazer qualquer comentário.

O elixir do amor

Rabo-de-saia na oficina. Precisava ver como Petitsantôs andava loquaz. Queria explicar tudo de uma vez. A moça se perdia e se enredava na atabalhoada pedagogia do galante baloneiro. Nota zero para o professor.

Amor e tecnologia

Continua o aprendizado. A cestinha do Nº 9 foi içada no meio do hangar. Mademoiselle a bordo. A lição do dia é mostrar algumas manobras básicas na condução de um dirigível. O professor esmera-se nas explicações, mas a aluna deixa-se vencer pelo nervosismo. Petitsantôs manda servir café sorocabana.

Uma garota moderna

O olhar vigilante de Petitsantôs não perde um só dos gestos de mademoiselle. Ela deve aprender a calibrar o gás do balão mas a válvula da bomba de hidrogênio parece não aceitar o comando feminino. O balão fica murcho.

A sobrinha de Rameau

Ao volante do Roadstar, insegura e nervosa, mademoiselle deve realizar uma série de manobras com o carro. Precisa familiarizar-se com as máquinas. Petitsantôs diverte-se com as imperícias da aluna aplicada.

A ingênua americana

Mademoiselle não tem pendores para mecânica. Ao desmontar e montar o motor do dirigível, tantas peças sobraram que Chapin levou dois dias para recompor a máquina. Mademoiselle sujou de graxa um lindo vestido de tafetá.

A pioneira

Mademoiselle já consegue dar a partida e fazer o dirigível subir. Mas o professor ainda não permite que os mecânicos soltem os cabos.

A força do destino

Mademoiselle suja outro vestido de graxa mas conserta um problema no motor que Chapin não conseguia detectar. O professor, orgulhoso, leva a aluna para comprar vestidos em Paris.

Dentro do coração

Alberto e as mulheres — comentava Sem, anos depois. — Quanto falatório circulava a respeito desse assunto... naquela época e muito tempo depois. O que teria levado Alberto a entregar o seu querido balão Nº 9 à linda jovem? O mistério vai permanecer... a mim ele nunca explicou... Ele era tão ciumento com os seus aparelhos... Bem, o que eu me lembro é que Alberto estava feliz naquele verão, e não creio que tenha voltado a ser feliz como naqueles poucos meses de 1903...

Balada para um feiticeiro sem feitiço

A felicidade estava transformando Alberto num homem calmo, que passava as tardes em seu estúdio, debruçado sobre a prancheta de desenho, sempre na companhia de Aída, pesquisando estranhas formas aerodinâmicas. Embora não revelasse nada sobre suas investigações, ela sabia que Alberto começava a trilhar novos caminhos.

O estúdio era uma sala quase vazia, apenas com algumas almofadas e um longo sofá de veludo claro, empurrado contra uma das paredes. Deitada nas almofadas, Aída acompanhava durante horas as experiências. Algumas vezes ele atirava flechas de desenho incomum, anotando o desempenho de cada um daqueles misteriosos artefatos que construíra com as próprias mãos.

Vez por outra ele quebrava a severa disciplina e notava a presença dela.

Não estou aborrecendo você?

Aída, então, aproveitava para arrancar-lhe algumas palavras.

Não, estou muito bem...

Acho que você anda se arriscando demais, Aída.

Mamãe foi para Nice encontrar papai.

Seu pai está na França?

Deve ter chegado ontem, de trem. Veio da Holanda, acho.

Ela vai descobrir, Aída. Ela vai ficar sabendo que você passou o dia aqui.

Mamãe! Ela só sabe vociferar, na verdade ela não enxerga ninguém além dela mesma.

Mas se ela descobrir...

Não vai descobrir, eu disse que ia passar o fim de semana na casa do embaixador de Cuba.

O... o... o fim de semana...

Não é maravilhoso, temos o fim de semana só para nós.

Esse embaixador de Cuba deve ser muito leal a você.

Ele não ousaria me denunciar, deve ao papai o cargo que hoje ocupa aqui. E sabe que papai não diz não para mim.

Tem certeza que é só isso?

Claro que é só isso, por quê?

Alberto lança um dardo e não olha para ela.

Ah! não me diga que está com ciúme?

Não é bem isso, mas...

Ele tem quase setenta anos.

Alberto segura um dardo, examina-o e volta-se para Aída.

Você já está quase pronta para voar.

A moça recebe aquelas palavras com calculada indiferença, porque já sabe que é assim.

Alberto, acho que você já me falou disso uma vez, mas eu queria que você me dissesse de novo qual foi o voo mais sensacional que você experimentou.

Foi aquele em que eu te vi, indiferente, na rue Edgard Quinet.

Mas que mentiroso anda, não foi esse não...

Alberto atira o dardo e vai sentar-se aos pés do sofá. Tem os punhos da camisa arregaçados e está descalço.

O meu voo mais sensacional? Deixa ver!... Eu já te falei mesmo uma vez?

Ela confirma, os olhos brilhando de expectativa.

Já, naquela primeira noite, lembra? Falamos tanto que as horas se passaram e nem percebemos.

Alberto procura na memória. Não é fácil. Todos os voos são emocionantes, e ele não é um bom contador de casos.

Mas foram tantos os voos emocionantes. Eu te contei da vez que eu fui parar na Bélgica? Eu estava bem no começo, o balão nem ao menos era projeto meu... Foi terrível, os ventos me arrastaram, eu não podia baixar... A noite caiu... Não foi isto que eu te contei, foi? Ah! então, já sei, foi quando eu desabei com o Nº 5 sobre o Hotel

Trocadero. Uma das extremidades do balão tinha murchado, e a hélice, que ainda estava girando lentamente, apanhou as cordas de piano que eu usava na suspensão, e já viu o que aconteceu. Ouvi um ruído de coisa sendo rasgada e o sopro do gás escapando. O balão começou a cair rápido. Olhei para trás e lá estava a torre Eiffel como uma espada, me esperando, se eu tentasse simplesmente descer soltando lastro ao sabor do vento. Decidi que a melhor coisa seria cair no rio, e deixei o Nº 5 afundar com a popa frouxamente sacudindo embaixo e a proa no ar. Eu estava a um quilômetro do Sena, não era muito. Andei uns trezentos metros até que a minha quilha triscou no teto do hotel e a seda pendente ficou agarrada na chaminé. Levei um tremendo solavanco e acabei pendurado doze metros acima do chão, com os restos do balão enrolados à minha volta. Esta foi a parte pior, ficar ali, de ponta-cabeça, esperando por socorro, ouvindo os cabos cederem...

Eu lembro desse acidente, acho que li em algum lugar.

O mais engraçado é que eu não sentia nenhum medo. Pendurado de cabeça para baixo, eu tinha certeza que ia sair com vida. Em geral eu só sinto medo depois que passa o perigo. Foi sobre este acidente que eu te falei?

Mas eu não queria que você me falasse de acidentes.

Não? Mas acidentes acontecem...

Alberto começa a guardar os estranhos dardos numa caixa. Ao seu lado, a jovem espera, os olhos castanhos rebrilhando de excitação. De alguma maneira aquela vitalidade juvenil lhe deixa sentimentos contraditórios. A intensa curiosidade às vezes o irrita, mas o lado impulsivo, entusiasmado, lhe transmite um calor agradável e estimulante.

O dia em que a torre Eiffel ficou pequena

O N° 6 era uma forma indistinta, cinzenta, a atravessar o azul desbotado do céu de outono. Alberto jamais esqueceria aquele dia: 19 de outubro de 1901. O inverno aproximava-se e as condições climáticas andavam lastimáveis, mas naquela tarde o tempo mantivera-se excepcionalmente firme, o N° 6 em ótimas condições de navegação e ele em excelente forma física. O N° 6 era um dirigível de forma alongada, bem maior e mais primitivo que o elegante N° 9. Era até mesmo um balão rústico e desengonçado. Para evitar surpresas, Alberto cuidara em consultar o serviço meteorológico por telefone. Ficara sabendo que, na altitude de seu objetivo, o vento estava soprando de sudeste na velocidade de seis metros por segundo. Assim que levantou voo, ele viu a torre Eiffel aparecer por entre a névoa, plantada no campo de Marte. Em três anos Alberto progredira bastante, e agora podia desafiar a sorte. A partida oficial tivera lugar às duas horas e quarenta e dois e ele avançava, calmo, consciente de que lá embaixo uma multidão começava a se formar nas margens do Sena, aplaudindo e acenando para o alto, vendo o dirigível rumar para a enorme construção metálica.

Subiu de dez para cento e cinquenta metros com o motor reagindo bem. Engraçado que, durante o trajeto para a torre, nem uma só vez ele se deu ao trabalho de olhar para os telhados de Paris; flutuava lá em cima e não via mais que o seu objetivo: contornar a torre e regressar em tempo hábil.

Seguindo os comandos, o N° 6 começou a circular a torre Eiffel. Era impressionante a visão das curvas e junções da torre observadas daquele ângulo privilegiado. Podia ver o rendilhado intricado, o ferro forjado, os arrebites começando a enferrujar sob a umidade da atmosfera parisiense.

Os juízes esperavam por ele no Aeroclube, e ele agora regressava, com o propulsor a toda força, atravessando o Sena na direção de Longchamp. Algumas nuvens preguiçosas descobriram o sol e seus raios irradiaram-se pálidos sobre a vegetação dourada dos prados e sobre os galhos ressequidos do Bois de Boulogne. O Sena serpenteava lá embaixo com suas águas verde-metálicas.

Alberto olhou para baixo pela primeira vez e viu a devastação outonal no Bois de Boulogne e o rebrilhar das folhas do prado de Longchamp nas diversas tonalidades do amarelo, como pedaços de sucata enferrujada.

O Nº 6 começou a descer no meio de uma multidão de pessoas que corriam, gritavam, aplaudiam e lançavam chapéus para o ar.

Consultou o seu relógio e teve a certeza da vitória. Contornara a torre Eiffel e estava ganhando o Prêmio Deutsch...

A corda-guia do Nº 6 foi agarrada por populares e os mecânicos trataram de estabilizar o dirigível. Antes de descer, Alberto gritou:

Ganhei?

E a multidão respondeu aos gritos.

Ganhou!

Liberal e caridoso

Aída pode sentir o coração de Alberto bater acelerado. Para ele, relembrar aquela experiência era sentir novamente uma forte emoção.

Eu não tinha certeza e perguntei: Ganhei? E a multidão me respondeu: Sim, ganhou! A multidão. Foi no dia 19 de outubro, final de outono, no ano de 1901. Nunca mais vou esquecer aquele dia.

A noite caiu e eles estão agora mergulhados na escuridão, compartilhando de um silêncio cúmplice e de uma intimidade que jamais se repetirá. Pendendo do teto, batido pela leve aragem que entra pelas janelas do estúdio, oscila a miniatura do N° 9. Aída quer ficar ali para sempre, mas Alberto rompe a magia do instante, se levanta, liga a lâmpada da prancheta, remexe papéis e rabisca coisas num bloco de anotações. Alberto mais uma vez escapava dela.

Para esconder a decepção, ela pergunta algo sobre o prêmio.

Ele responde, foram cento e vinte e cinco mil francos, e olha para Aída com um sorriso defensivo que podia ser também um sutil pedido de desculpas. E quando fala, a voz soa falsa, animada por uma jovialidade fictícia.

E sabe o que eu fiz? Chamei o chefe de polícia e solicitei que ele distribuísse o dinheiro entre os trabalhadores desempregados de Paris. Daí, você sabe como são os franceses, o chefe de polícia resolveu complicar, me disse que não sabia como fazer a distribuição, que eram muitos os desempregados, e mais um bocado de outras desculpas para se ver livre do encargo...

E então, como ficou?

Foi fácil. Sugeri que ele procurasse as casas de penhores. Não sei se você sabe, mas quando a situação aperta, a primeira coisa que o desempregado faz é penhorar as ferramentas de trabalho. Portanto, bastava o chefe de polícia resgatar as ferramentas penhoradas e devolver aos donos.

E você tinha ideia de quantas lojas de penhores existiam na cidade?

Nenhuma, mas o chefe de polícia deve ter se arrependido de ter me pedido a opinião.

E será que ele fez mesmo?

Alberto agora solta uma gargalhada.

Você continua latino-americana, querida Aída. Não adiantaram os anos de Nova Iorque.

Eu, por quê?

O chefe de polícia era francês, não esqueça. Mesmo de má vontade, garanto que ele fez exatamente como sugeri. O que não aconteceria, com toda certeza, se isto tivesse se passado em um daqueles países ensolarados que nós conhecemos...

Os dois riem e depois ficam pensativos e constrangidos.

Economia de um filho do século

Confesso que me deixei surpreender com aquela atitude — lembraria anos depois Antônio Prado. — Doar cento e cinquenta mil francos, sem ao menos pestanejar, não era nenhuma brincadeira. A imprensa aplaudiu o gesto magnânimo e os necessitados transformaram Alberto num semideus. Mas Alberto não era nenhum magnata, vivia no limite de seus gastos... Mais tarde, pensando melhor, acho que compreendi o gesto. Entregando o dinheiro aos pobres, ele o devolvia de algum modo à França. Demonstrava que aquele dinheiro ele podia reverter ao povo francês. E foi um ato generoso sem lhe dar prejuízo. Alberto acabara de receber uma quantia igual do governo brasileiro, uma espécie de verba de incentivo conseguida pelo saudoso Augusto Severo, que era deputado e também amante da aviação.

Malfadado pioneiro

Augusto Severo, político e aeronauta, sonhava com a ligação aérea do Rio de Janeiro com Paris. Certa manhã de 1902, subiu num balão e explodiu sobre o Bld. de Vaugirard. Como quase todos os dias explodia alguém nos céus da cidade, os parisienses comentaram: hoje está chovendo brasileiro.

No topo da montanha

Lembro que recebi algo em torno de doze mil francos — recordava-se Aimé, vinte anos depois — era uma pequena fortuna para a época e eu aproveitei para comprar uma casa. No ano seguinte, Petitsantôs contratou Chapin, e mais tarde, Gasteau e Dazon. Chapin era o predileto dele, e o seu relacionamento comigo esfriara muito após o desastre em Mônaco. Acho que ele me culpava pelo acidente. Mas tratava-me com cordialidade, vivia feliz, cercado de admiradoras e sempre na companhia de mademoiselle Aída. Chapin é que às vezes não se conformava em ver aquelas lindas mulheres saírem decepcionadas.

Sob o signo de Feydeau

Um tílburi vai trotando por uma rua de casas quase iguais, num subúrbio de Paris. Estaciona na frente de uma das casas e Chapin, vestindo-se como Petitsantôs, desembarca. A seguir, ajuda uma linda mulher a descer.

Engraçado, eu podia jurar que o senhor era mais baixo.

Você tem certeza que seu marido não está em casa?

Ele é caixeiro-viajante, está a negócios em Dover.

Muito conveniente...

Conhecer o senhor era o que eu mais desejava.

Ela abre a porta e entra na casa. Chapin paga o cocheiro e segue a mulher que deixou a porta apenas encostada.

Nem bem entram no quarto modesto, ela já vai despindo o vestido. Chapin, sem tirar o chapéu de abas moles, também começa a tirar a roupa.

Quer dizer que você gosta dos meus balões?

Eu acompanho o seu trabalho, monsieur Santôs... engraçado, o senhor é bem mais alto visto de perto.

A vastidão do céu nos torna insignificantes.

E a sua pele não parecia tão branca.

Vestida apenas de espartilho e meias com ligas, ela se senta, provocadora e profissional, na beira da cama. Chapin luta com o cadarço de sua botina, já com as calças arriadas e despido da cintura para cima. Cobre-se apenas com alvas ceroulas de lã. A mulher procura ajudá-lo, mas ele consegue finalmente arrancar as botinas sem desatar os cadarços.

Que violência, vocês mexicanos são todos assim?

Não sou mexicano, sou brasileiro.

E não é a mesma coisa?

O mecânico precipita-se sobre ela, derrubando-a na cama.

Você verá a diferença...

Nem bem o mecânico se abate sobre a mulher, a porta do quarto é arrombada com violência. Entra o capitão Ferber armado de florete.

Vagabunda! Então é assim que procedes quando estou trabalhando!

Céus, meu marido.

Chapin rola para o lado, estarrecido e tenta se cobrir com os amarfanhados lençóis, procurando proteção na cabeceira da cama. Mas o capitão, que entrara aparentemente dominado pela fúria, arrefece.

Mas quem é esse homem?

Quem é? Ora, quem é? Não conhece?

Eu não sabia que ela era casada.

Cala a boca, quem quer que seja...

Mas, mas... o que é que está acontecendo?

Onde é que você arranjou esse tipo, na sarjeta?

Onde? Onde você me mandou, em Neuilly, naquele local...

Eu tenho dinheiro — gemeu Chapin.

Mas este não é ele... você é cega, por acaso?

Bem que eu desconfiei... esse é bem grandinho...

Merci madame... Foi só uma brincadeira...

Chapin levanta-se e tenta escapar como está, semidespido.

Ele me enganou...

Como você é burra, mulher.

Chapin começa a compreender tudo.

Ah, então é isso! Armaram uma cilada para o meu patrão.

Ferber corta a retirada de Chapin ameaçando com o florete.

Então o senhor presta qualquer serviço para o seu patrão?

Bem, quer dizer... nem todos...

Bonito, não? Enganando as mulheres incautas.

Não há nada de mal nisso... meu patrão não faria outra coisa se fosse atender a todas.

E onde está ele?

Não sei. Provavelmente voando por aí.

Deixa as roupas aí no chão.

No chão? Mas...

Faz o que eu estou mandando.

Chapin joga as roupas no chão.

Agora pode ir.

Chapin, tentando inutilmente esconder a própria nudez, se esgueira para fora da casa. A mulher continua chorando, atirada na cama. Ferber, bastante irritado, levanta a cabeça da mulher com brutalidade, puxando-a pelos cabelos. A mulher solta gemidos de dor e grita por piedade.

Como foi acontecer isto? Você não me disse que era admiradora dele, que não perdia um voo dele?

Eu me enganei... e depois eu nunca me aproximei dele...

E pegou o primeiro que se parecia com ele.

Eu sempre me engano, e com esta já são três vezes...

Quer dizer que se o cara for um tampinha, usar bigodes e um chapéu mole desabando na cabeça, você vai logo arrastando as asas...

Eu quero os cinquenta francos que você prometeu.

Quer? Por um serviço que não fez...

Ele era parecido, como é que eu podia adivinhar?

Parecido mas não voa. E eu queria o que voa, está entendendo?

Don Juan na moita

O que fazer quando se está despido na rua, como num sonho, e aparece um grupo de senhoras a tagarelar? Chapin mete-se num canteiro de flores, a resmungar: Chapin não avança nessas donas malucas que procuram o Petitsantôs. Mas Chapin é muito francês, não pode ver desperdício de mulher... E olha só o resultado? Como vou chegar em casa sem que a polícia me prenda por atentado ao pudor? E agora? As senhoras passam sem perceber o homem despido que se esconde por trás do canteiro.

O escarmentado

Nem é preciso dizer que a chegada de Chapin no hangar foi um sucesso. No caminho ele assaltou um varal, mas para seu azar eram roupas femininas. Dazon e Gasteau flagraram a bigoduda mademoiselle tentando abrir o armário de Chapin. Pensaram que era uma ladra e caíram em cima. Durante toda a manhã os mecânicos tiveram acessos de riso, deixando Chapin furioso. Petitsantôs acabou querendo saber o motivo de tanta alegria.

Chapin, envergonhado, tentou esconder, dizendo que sofrera um assalto.

Os colegas imediatamente contam como ele chegou ao hangar.

É que não foi exatamente um assalto.

Quando aconteceu ele já estava sem as roupas.

Mas você não aprende mesmo, Chapin.

Mês passado foi a filha de um general...

Ele saiu do quarto da moça sob uma chuva de balas.

Sem contar a mulher daquele dono de vinhedos no Mosèle.

Que o obrigou a se esconder num tonel de champanha.

O desgraçado ficou com uma ressaca de uma semana.

Se vocês fossem mais educados, seriam mais discretos.

E aponta para Aída que mal consegue conter o riso, enquanto trabalha com a máquina de bombear hidrogênio.

A conspiração

Antes de sair para o seu voo diário, Petitsantôs mandou chamar Chapin para uma conversa em particular. Não podia admitir aquele tipo de conduta em seu hangar. Explicou que aquelas mulheres, que apareciam dispostas a tudo, eram criaturas perdidas, fascinadas pela experiência de voar. Elas deviam ser tratadas com todo o respeito e jamais exploradas em sua boa-fé.

Chapin ouviu tudo de cabeça baixa. E revelou o resto da aventura. A mulher era uma isca para atrair Petitsantôs. Alguém queria ver seu patrão envolvido num escândalo.

Naquele dia Alberto levantou voo preocupado. Sabia que o seu sucesso provocava ressentimentos, mas dessa vez os invejosos tinham ido longe demais.

Uma pulga atrás da orelha

No volante do automóvel elétrico, Aída segue o N° 9 que navega em direção ao Bois de Boulogne. O sol está forte e o carro trafega pelas alamedas do bosque, repletas de carruagens de onde mulheres ostentam vestidos vaporosos e sombrinhas de rendas e fitas. Nos gramados, grupos promovem piqueniques. Poucos levantam os olhos para ver o carro passar com uma mulher ao volante. Numa das alamedas do bosque, um grupo de crianças participa de um passeio escolar. Ruidosas, alegres, elas disputam competições e se distraem correndo pelo gramado, observadas por pais e professores.

Aída estaciona o carro e fica observando as crianças, quase esquecida do N° 9 que faz evoluções pelo céu do bosque. Mas as crianças logo percebem o dirigível e as brincadeiras são esquecidas. Acenam e gritam, atraindo a atenção de Alberto. Para a alegria das crianças, ele decide brincar, sobrevoando em círculo sobre o gramado e baixando de altitude a cada passada. As manobras não deixam de ser impressionantes e os pequenos espectadores prendem a respiração. Finalmente o Nº 9 desce em meio ao gramado, tendo a corda-guia agarrada pelos meninos mais crescidos. Professores e pais tentam conter as crianças mas é impossível, elas estão excitadas demais para ouvir as ordens e reprimendas dos adultos. Na cestinha, apertando a mão das mais afoitas, Alberto se diverte. Nem mesmo se apercebe de Aída, sentada ao volante do Roadstar, tantas são as crianças que gritam em torno do balão.

Alguém tem coragem de voar? Ele desafia.

O balão quase é invadido porque todos querem voar.

Apenas um... Você aí, não tem medo?

Um menino de sete anos responde: Nem um bocadinho!

Então venha.

A mãe do garoto corre para impedir, mas os meninos mais velhos, morrendo de inveja, tratam de içar o passageiro para bordo do balão. Ao ver o menino acomodado ao lado de Alberto, Aída não pode deixar de sentir uma irritação.

Por favor, devolva o meu filho.

Não tema, senhora, não há perigo.

Eu quero ir, mãe.

Alberto acomoda o menino na exígua cestinha.

Como você se chama?

Clarkson Potter.

Você não é francês, é?

Sou americano.

De onde?

Da América, ora! Não vamos voar?

Você tem razão. Soltem a corda!

O Nº 9, festejado pelas crianças, levanta voo e toma altura. A mãe do menino não parece acreditar na segurança do balão e está nervosa, olhando para o céu. Aída, sem esconder a irritação, aproxima-se da mãe aflita.

Mas que imprudência, levar uma criança...

Estou apavorada, não sei o que fazer.

Agora só resta esperar. A senhora devia ter impedido.

Clark é um menino impossível. Quando eu vi que mister Santôs chamava um dos meninos, eu tinha certeza que ele seria o escolhido.

Clark agora se tornou uma celebridade.

Celebridade?

É o primeiro passageiro de mister Santôs.

O Nº 9 está regressando e a mãe afasta-se de Aída, respondendo aos acenos do filho que parece bem à vontade lá em cima. Mal os cocheiros agarram a corda-guia e o balão atinge uma altura razoável, o menino é entregue aos braços da mãe. As outras crianças fazem uma enorme algazarra em torno do pequeno herói.

Goursat e suas memórias

O fato de Alberto ter levado aquele menino americano — afirmava Goursat, anos mais tarde — é uma prova do quanto ele andava comunicativo naquele verão... A imprensa, como sempre, fez milhares de especulações. O mais interessante foi a reação de mademoiselle D'Acosta; ela não gostou nem um pouco de Alberto ter dado carona ao menino. Alberto estava perplexo com a reação dela. Posso dizer que a mente racional de Alberto estava seriamente abalada pela lógica feminina de mademoiselle D'Acosta.

Max Linder

Os frequentadores jamais mudavam ali. Para que os garçons se desfizessem em gentilezas, era preciso simular alegria e não medir os gastos. Alberto, que detestava gastar, era bem recebido de qualquer maneira, mesmo quando aparecia carrancudo como aquela noite. E só estava ali porque Sem o arrastara na esperança de ver se o Maxim's dissipava o seu mau humor.

Muita novidade à vista?

Alberto resmunga alguma coisa inaudível e acaba contaminando Sem com o seu mau humor.

O que é que há? Vai ficar assim a noite toda?

Desculpe, amigo Sem, mas hoje estou péssimo.

O que aconteceu? Não quer me contar?

Nada, não aconteceu nada.

Mas é claro que aconteceu alguma coisa.

Nada importante, acredite.

Esta mania que você tem de ser discreto me irrita profundamente.

Desculpe.

Já sei, foi ela. Posso até apostar. Foi ela, não foi?

Foi...

Brigaram?

Eu não consigo entender as mulheres.

E quem quer entender as mulheres? Ninguém é maluco!

Alberto sorri mas logo fica taciturno.

Não quer contar aqui para o amigo?

Foi tudo uma besteira.

Sempre é besteira, não percebeu ainda?

Hoje de manhã eu levei um menino a bordo do N° 9.

Eu soube. Archdeacon me telefonou, queria saber se você tinha enlouquecido.

Não foi nada demais. O menino adorou, era muito corajoso. Teve muito mais medo da imprensa que o cercou depois.

Amanhã o garoto vai estar em todos os jornais.

Mas ela não gostou.

Ela não gostou?

Não, ficou uma fera comigo.

Claro, deve ter ficado morta de ciúme!

De um menino?

Não do menino, morreu de ciúme por não ser ela o passageiro.

Ela me chamou de exibicionista.

Mas que diabo, você nunca foi de levar passageiros e pega um menino justamente quando ela se prepara para voar. Por quê, Alberto?

E eu vou saber? Vi aquela criançada toda... a alegria delas...

E se acontecesse um acidente?

Não ia acontecer, o Nº 9 é muito seguro.

Ela estava lá?

Estava, viu tudo. Me acompanhava no carro elétrico.

O frio da madrugada

Na manhã seguinte Alberto invade o quarto de Sem e abre as cortinas. Por entre as cobertas, desviando os olhos da claridade, o amigo protesta.

Que horas são? Mas ainda são dez horas, você enlouqueceu?

Preciso de ajuda. Ela não apareceu hoje no hangar.

Ela quem?

Mademoiselle Aída! Todas as manhãs ela chega no hangar às oito horas.

Deve ter se atrasado, responde Sem, protegendo os olhos contra a detestável luz matinal e suplicando para que o amigo não o submetesse mais àquela tortura. Para quem deitara às seis, ser acordado às dez era uma crueldade.

Alberto, no entanto, não parecia ver as coisas por este ângulo.

Não, você não entende, ela não quer mais voar.

Quem mandou você dar uma carona no balão a um menino de sete anos!

Ela não quer mais voar. Ela desapareceu.

Acho que você está realmente transtornado.

A busca

O Roadstar estacionou na rue Edgard Quinet e dele saltaram dois homens. O mais baixo está nervoso e torce o bigode o tempo todo. O mais alto procede como alguém que ainda não acordou completamente. Entram num prédio e sobem espremidos num exíguo elevador. Logo estão a tocar uma campainha. A porta é aberta e uma criada aparece, respondendo às perguntas com seca indiferença, batendo a porta a seguir. A frieza da criada deixa os homens perplexos.

Deve ser alemã, comenta o sonolento.

Ela não pode fazer isto comigo, reclama o mais baixo. E insistem na campainha. A criada reaparece.

Se os senhores não saírem imediatamente, chamo a polícia.

Eu preciso falar com mademoiselle Aída.

Já disse que ela não está.

A criada volta a bater a porta na cara dos dois.
Você não pretende tocar novamente essa campainha, pretende?
Os dois se metem novamente no elevador.

Os malefícios do amor

Alberto sentia que o hangar ficava triste sem a presença dela. Acostumara-se a ter Aída bem cedinho em sua companhia e não podia aceitar que ela agora desaparecesse de sua vida por puro capricho.

Os mecânicos andavam em volta do patrão, sem saber o que fazer. Petitsantôs centralizava de tal maneira o trabalho que qualquer alteração em seu humor significava uma mudança na rotina.

Uma silhueta feminina apareceu na enorme porta do hangar. Todos se voltaram para a porta, mas não era aquela que todos aguardavam.

É aqui que estão precisando de uma costureira?
Uma onda de decepção percorreu o hangar.
Petitsantôs, é a costureira para o trabalho com a seda do Nº 7.
A mulher, vestida modestamente, aguardava.
Na semana que vem. Volte na semana que vem.
Oui, monsieur.

O homem invisível

Sozinho, mergulhado na semiescuridão, Alberto dorme sobre as almofadas do estúdio. Ouvem-se passos e alguém entra no estúdio, tomando cuidado para não despertar o homem que dorme com uma expressão cansada.

Alberto!, alguém sussurra, após alguns minutos.
Alberto dá um salto e põe-se de pé.
Não é possível! Mas você não estava em Nice?
Voltei no meio do caminho. Peguei um trem em La Rochelle.
Eu não entendo, não entendo.
Nem eu, só sei que sentia ódio.
E o ódio passou?
Passou. Me dei conta do quanto eu estava sendo idiota.
Eu não pretendia ofender você levando o menino.
Eu sei... esquece... já passou.
Os dois se abraçam na escuridão do estúdio.

A mulher mais leve que o ar

O grande dia chegara. Toda de branco, chapéu florido na cabeça. Aída mal contém a emoção que sente em subir na cestinha do Nº 9. Embaixo, segurando a corda-guia, Alberto está cercado pelos mecânicos, aguardando a checagem.
Está o balão adequadamente cheio?
Sim.
Há possibilidade de algum vazamento?
Não.
Estão corretas as condições de amarração?
Sim.
Está o motor em boas condições?
Sim.
Estão livres os cabos de comando do leme?
Sim.

Estão livres os cabos de comando do motor?
Sim.
Estão livres os cabos de comando do lastro?
Sim.
Estão livres os cabos de comando da corda-guia?
Sim.
Está a aeronave devidamente lastreada?
Sim.
Está a aeronave devidamente balanceada?
Sim.
Soltem os cabos!

Alberto solta a corda-guia e o Nº 9 alça voo zumbindo. A manobra é suave, elegante e precisa. Aos poucos o dirigível vai sumindo em direção ao Bois de Boulogne. Alberto corre para o carro elétrico e dá a partida. Os mecânicos embarcam em outro carro.

Aída observa as casas, os trilhos de trem e os camponeses minúsculos trabalhando na terra. As pequenas figuras param a sua faina para olhar o Nº 9 que passa garboso, vagando por entre as nuvens.

O Nº 9 aproxima-se de Paris, os primeiros telhados são visíveis. Aída mostra-se segura, controlada, observando tudo.

Alberto corre por uma estrada, seguido pelos mecânicos. O dirigível, lá em cima, navega tranquilo, realizando mesmo algumas manobras.

Aída faz uma volta ao atingir o bairro de Passy. A torre Eiffel sobe a sua frente. Ela calibra o dirigível e faz uma curva em torno da torre, rumando depois para o Aeroclube.

Alberto entra com o carro no Aeroclube. Estaciona e é imediatamente cercado pelos outros balonistas. Logo atrás a sua equipe também está estacionando e descendo do carro.

Mas... mas você não está lá em cima.

Não, eu estou aqui.

A aeronave não pode estar voando sozinha.

E quem está lá em cima?

Quem está lá em cima? Uma mulher.

Uma mulher, impossível!

Mulheres não têm nervos para essas coisas.

Mas é a verdade, meus senhores.

O N° 9 agora é bastante visível e aproxima-se do Aeroclube. Vai juntando cada vez mais gente, os técnicos e mecânicos, curiosos, outras mulheres. Aída faz o N° 9 pousar suavemente no Aeroclube. A corda-guia é apanhada por Dazon e Gasteau. A multidão comenta, murmura.

Mas é uma mulher.

Que coragem.

Ou loucura.

Aída salta do balão e é cercada pelas mulheres, os aplausos irrompem. Ela está feliz e corre para abraçar Alberto. O presidente Archdeacon esmera no tom solene com que anuncia o feito da jovem cubana.

Este é um momento histórico, acabamos de presenciar a primeira mulher a voar sozinha num dirigível.

Um champanhe. Temos que abrir um champanhe.

Tem razão. Precisamos comemorar.

Archdeacon aparece com uma garrafa de champanhe. Faz a rolha saltar enquanto um criado distribui taças que logo são devidamente servidas.

Um brinde à mademoiselle...

Aída D'Acosta, completa Alberto, orgulhoso.

Um brinde à mademoiselle D'Acosta, repete Archdeacon. Aplausos calorosos se fazem ouvir, mal o champanhe é degustado.

Que coragem, e voava como um homem, diz a baronesa de Noille.

Por que como um homem?, protesta Aída.

Bem, o que eu queria dizer é que fez um voo perfeito.

A perfeição não é atributo apenas dos homens, madame.

Claro, claro. Mas eles pensam que não servimos para nada.

Ora, não seja exagerada, baronesa, intervém Archdeacon conciliador.

Aída abandona a taça vazia e parece ansiosa, louca para retornar ao seu brinquedo voador.

Cavalheiros, preciso prosseguir o meu voo.

A baronesa abraça a jovem e dá-lhe um beijo no rosto.

Obrigada, senhora baronesa, diz Aída, retribuindo o beijo.

Senhorita, não estará o balão necessitando de gás?

Este é um balão Santos Dumont, monsieur Archdeacon.

Sim, eu sei. Mas deve estar precisando de gás, não?

Os senhores me viram vir desde Neuilly. Soltei lastro?

Acho que não.

Então, por que necessitaria de gás?

Aída galga as treliças e põe-se na cestinha do Nº 9. Aciona a partida do motor e Alberto larga a corda-guia. O dirigível ganha altura e faz uma longa evolução pelo céu do Aeroclube. As pessoas falam e gesticulam. No meio da multidão, feliz, Alberto observa. Archdeacon está quase apoplético segurando um dos balonistas pelo braço, com quem segreda, fazendo uma caricatura da moça. Viu só, que arrogância? Isto é um balão Santos Dumont, não necessita repor o gás.

O cancioneiro da Rainha Vitória

As coisas aconteceram tão rapidamente naquele dia que ninguém parou para pensar. Quando tudo terminou, Alberto caminhava pela casa, perplexo, culpando-se por não ter sido mais enérgico, por não ter se colocado efetivamente ao lado de Aída contra o gesto absurdo de sua família, por não ter impedido que ela fosse arrastada daquela forma, como uma boneca de porcelana ou um animalzinho qualquer que fugiu de casa.

Alguma coisa o tinha paralisado. Era algo muito forte, que o deixara sem ação, impotente para enfrentar a fúria de madame D'Acosta e a arrogância do pai de Aída. O que seria? Medo de se comprometer, de compartilhar com alguém a vida, os sonhos mais íntimos? Ele não queria pensar nisso. Jamais se preocupara com a solidão, e para ser sincero, ele não temia a solidão e muitas vezes achara que viver sozinho era a mesma coisa que ser livre.

Era um homem solitário havia muitos anos, desde criança. Tinha aquela casca dura, impenetrável, dos solitários. Além do mais, suas obsessões necessitavam de solidão, alimentavam-se vorazmente da vida fechada, exclusiva e silenciosa que ele levava. Desde que conhecera Aída, todas essas coisas ficaram em jogo, o silêncio se retraía, a intimidade não era mais exclusiva e a vida ameaçava se abrir em mil concessões, se preparando para aceitar a intromissão de outra vontade naquele círculo já considerado fechado.

A verdade é que ele não estava preparado para aceitar aquilo. Não queria confessar nunca a sua fraqueza, mas a cada dia a angústia era maior e ele, um lobo solitário, esperara a hora da decisão sentindo-a crescer como uma dor. Tinha sido uma dor insuportável, que lhe fazia lembrar os bons tempos em que vivia apenas para os seus sonhos e não precisava prestar contas a ninguém.

Assim, mais uma vez a carapaça do solitário saía ganhando. A dor começava a passar, estava até mais suportável, ele pensava, embora lhe envergonhasse profundamente constatar isto.

Tudo tinha sido muito rápido. Aída pagava o preço do sucesso e falava aos jornalistas sobre o voo que acabara de fazer. Mal se continha de tanta felicidade. A casa estava cheia de gente da imprensa, de amigos do Aeroclube e curiosos que queriam olhar de perto a primeira mulher a subir num dirigível.

Então, o escândalo. A mãe e o pai da jovem entram como uma avalanche. A filha é arrastada para fora, debatendo-se, pedindo, suplicando, enquanto o pai esbraveja contra os jornalistas que se deliciam com a cena.

Ele ficou petrificado. Viu Aída desaparecer no meio da multidão e não esboçou nenhum gesto, nada, deixou-se ficar ali, inerte, talvez porque a maneira drástica e escandalosa pela qual ela era retirada de sua vida lhe fosse a mais conveniente para justificar a sua covardia.

O escândalo foi abafado e embarcaram Aída no mesmo dia para Nova Iorque.

Fantomas

Apenas um outro homem estava disposto a não esquecer o incidente. O embarque precipitado de Aída finalizava de maneira grotesca o verão mais terrível de sua existência. Na manhã seguinte ao escândalo, o capitão Ferber era o homem mais infeliz da França. Um homem cheio de rancor, que só encontrava alento na possibilidade de algum dia vingar exemplarmente a humilhação que sofrera. O desprezo final de Aída arrastara ao opróbrio o que restara de seu orgulho.

Agora, embora o sofrimento ainda seja o mesmo, ele já pode esconder, dos que não sabem a carga de ressentimento que carrega. Em seu camarote de segunda classe, ele olha pela escotilha e deixa que seus pensamentos se percam no mar cor de chumbo do Atlântico Norte. Tem um mês para resolver seus negócios nos Estados Unidos e reassumir seu posto no Ministério. É a primeira vez que deixa a França, e não sonha em reencontrar Aída. Como sempre foi um realista, ele busca munição para atacar o homem que o ultrajou.

O lobo solitário

Na semana que se seguiu ao incidente, Alberto se refugiou no hangar. Passava os dias sujo de graxa, montando e desmontando o N° 9 com gestos morosos e o olhar perdido, quase levando ao desespero os seus mecânicos.

Todas as manhãs, ao chegar ao hangar, examinava detalhadamente revistas e jornais de Paris. Era impressionante o silêncio da imprensa. Nenhum jornal sequer registrara o voo pioneiro de Aída, muito menos o escândalo que se seguiu. E aquele era o tipo do escândalo que ele queria ver estampado nas gazetas de mexericos que pululavam na cidade, vivendo justamente desse tipo de acontecimento. Mas pelo visto o dinheiro dos D'Acosta tinha sido fartamente distribuído nas redações dos pasquins, e de tudo Petitsantôs ficara apenas com uma lembrança, uma foto autografada de Aída, remetida pouco antes de ela ser embarcada para os Estados Unidos.

Os planadores

Uma enfermeira conduziu o capitão Ferber até o quarto onde um paciente jazia na cama, as pernas sob tração e os braços engessados. Não era a primeira vez que o paciente se internava com fraturas graves naquele hospital de Washington. Ninguém mais se espantava com as extravagâncias do acidentado, afinal ele era o professor Octave Chanute, um louco suicida que se jogava de pontos elevados para provar que o homem podia voar.

Ferber podia ser considerado agora um homem muito bem informado sobre aviação. Através de uma série de artigos publicados na revista *L'Aérophile*, tomara conhecimento das experiências do professor Chanute com planadores. Escrevera ao professor e ficara sabendo que dois outros homens estavam fazendo experiências com o mais-pesado-que-o-ar. Ele precisava conhecer esses homens.

Dans l'Air

Dois meses se passaram e como Alberto continuasse deprimido, Goursat decidiu promover um jantar no Café Procope, pretextando comemorar o aniversário de madame Prado. Os amigos aceitaram e compareceram. O Café estava repleto de gente animada e Alberto apareceu com uma pasta cheia de papéis. Parecia em boa forma e deu os papéis para Antônio Prado ler.

Acabei de escrever, gostaria de ouvir a opinião do amigo.

Não sabia que você escrevia em francês, Alberto.

O que acontece é que quando penso nos meus balões, penso em francês. Eu vivo aqui desde os 18 anos...

Fez muito bem, tudo soa melhor em francês.

Você é quase um francês, meu caro Alberto.

Quase — disse Sem. — Mas é muito brasileiro com esse jeito de dar tapinhas no ombro ou bater na barriga dos outros.

Pois eu acho você tão mineiro, Alberto. Caladão, discreto, excessivamente sóbrio e pontual...

Os franceses acham que isto se deve à minha educação na Inglaterra...

Não, é coisa de mineiro. Afinal você não passou nem um ano em Bristol.

Eu não sei, mamãe é que era muito mineira. Eu me acho mais parecido com papai, que nasceu em Minas mas era bem paulista.

Mas afinal, o que foi que você escreveu, um livro sobre balões?

Antônio Prado para de folhear o texto e olha para Alberto.

Acho que é um livro de memórias. Mas já tenho uma restrição.

Que restrição?

Não me diga que usou seis míseras linhas para falar da linda cubana? E nem ao menos citou o nome da moça. Que coisa, Alberto!

Não tenho o direito.

O que é que você acha, Sem?

Alberto já conhece a minha opinião. Acho de uma discrição doentia.

Vá ser mineiro assim na... no... bem, deixa pra lá!

Comédia de Georges Méliès

O 14 de julho ganhava significação especial naquele ano de 1903. O presidente Émile Loubet e seu ministro Théophile Delcassé acabavam de retornar de Londres, onde tinham iniciado conversações com

Joseph Chamberlain para o estabelecimento de uma Entente Cordiale entre as duas potências. O clima político era de instabilidade e incertezas mas o governo queria fazer um 14 de julho memorável. Um dos pontos altos seria a presença do dirigível de Petitsantôs, uma conquista tecnológica com largas possibilidades de utilização em caso de guerra.

Indiferente ao significado de sua participação nas comemorações, Alberto estava desde cedo no hangar, ocupado em rabiscar seus projetos. Os mecânicos, no entanto, estavam prestes a entrar em desespero, embora não ousassem sequer perguntar se o patrão iria ou não aceitar o convite do ministro da Guerra.

Ah, meu Deus! Será que ele não vai?

O dia está lindo.

A esta hora as tropas já estão desfilando... todos os representantes estrangeiros devem estar lá... E ele aqui... assim...

Jacobinos e cafeicultores

O presidente Loubet não parava de sorrir para os diversos dignitários que lotavam o enorme palanque suntuosamente decorado. Cavalheiros de casaca e damas trajando os últimos lançamentos da moda misturavam-se por entre dignitários em suas roupas nacionais, potentados orientais, xeques árabes e chefes africanos, numa perfeita demonstração do vasto círculo de relações da França. Apenas o ministro da Guerra mostrava-se preocupado e não parava de expedir oficiais em busca de notícias. Ele temia que o brasileiro não aparecesse com a maldita coisa voadora e decepcionasse o presidente.

Mas ninguém ainda tinha sido capaz de confirmar a presença do dirigível. O embaixador brasileiro tirara o corpo fora, afirmando que era uma questão de livre-arbítrio, o jornalista Sem procurara desculpar a possível ausência do amigo, afirmando que ele estava abalado com um caso amoroso malsucedido.

E todos afirmavam que a mulher era muito bela, razão suficiente para o general temer o pior.

Cada vez que um de seus oficiais de ligação retornava, as notícias eram ainda mais vagas e ele mal conseguia esconder sua apreensão. Especialmente porque o capitão Ferber já o tinha advertido sobre o tal brasileiro, chegando a sugerir que o convite fosse revogado. O problema é que o presidente considerava o voo do dirigível como um dos pontos altos da festa.

Os jacobinos do ar

Enquanto o ministro amargava a sua apreensão, o clima no hangar de Neuilly beirava a histeria coletiva. Para os mecânicos, a displicente atitude de Petitsantôs era uma verdadeira provocação. Alheio ao alvoroço, ele estava debruçado na prancheta, desenhando.

Precisamos tomar uma atitude.

O Nº 9, preparado, faltava apenas ser retirado do hangar.

Mas quem se atrevia a se aproximar do homem?

Tudo por uma mulher

Quando o primeiro destacamento de zuavos começou a desfilar, o presidente Loubet mandou seu secretário pedir informações sobre o momento em que o dirigível do inventor brasileiro faria a demonstração. Ele passara uma boa parte da parada militar a se jactar dos progressos da ciência francesa com o embaixador alemão, e começava a ficar preocupado. Foi o ministro da Guerra em pessoa que veio lhe trazer a notícia inquietante.

Ainda não temos certeza se ele virá, senhor presidente.
Ainda não! Como é possível? O que está acontecendo?
Petitsantôs sofreu uma desilusão amorosa. E era uma bela mulher.
Belas mulheres é o que não falta em Paris. Ele consegue outra.
Mas ele é temperamental.
Ah!, o sangue latino!
O embaixador alemão parecia se divertir com a situação.

A vitória dos jacobinos

Aimé deixava escapar longos suspiros. Dazon enroscava com nervosismo os bigodes. Gasteau e Chapin caminhavam obsessivamente em torno da prancheta onde Petitsantôs desenhava. O maluco sequer levantava a cabeça para ver o sofrimento de sua equipe. Os suspiros de Aimé acabaram por incomodá-lo.

Mas que diabo está acontecendo aqui?
Ainda é tempo, Petitsantôs.
Tempo? Tempo para quê? Ela já está fora do meu alcance. Mas um dia, um dia meus dirigíveis atravessarão o mar...
Mas não estamos falando dela.
Não?!
Estamos falando da grande parada.
Hoje é 14 de julho.
Todos esperam você na grande parada.

O presidente Loubet...
O general André...
O embaixador do Brasil.
Todos ficarão decepcionados.

Então é isso, ele responde, decepcionado, voltando a rabiscar na prancheta, para desespero dos mecânicos. O milagre, no entanto, acontece. Petitsantôs larga o lápis e olha para o N° 9.

Está tudo pronto?

Os três mecânicos dão saltos de alegria.

Então, você vai, Petitsantôs?

Petitsantôs confirma, veste o paletó, põe o chapéu e apanha um revólver que mantém numa gaveta. Examina para ver se a arma está carregada e apanha uma caixa de balas.

Para que o revólver?

Não se preocupe. Esta parada vai ser inesquecível.

Os mecânicos ficam mudos, observando Petitsantôs guardar o revólver na cintura, vestir o paletó e pegar o chapéu.

Levem o N° 9 para fora do hangar.

A queda da Bastilha

O ministro da Guerra foi o primeiro a ver o N° 9 aparecer no horizonte. Fez um sinal ao presidente e este imediatamente sorriu para o embaixador da Alemanha. Lá em cima Petitsantôs observava a profusão de cartolas e o colorido das fardas militares. Fez uma curva suave sobre Longchamp e dirigiu o N° 9 diretamente sobre as cabeças das tropas perfiladas e sobre as linhas de canhões da artilharia. O dirigível era uma presença impressionante e ninguém conseguia tirar os olhos de sua forma bojuda e cinzenta que agora mudava de curso e se dirigia para o palanque presidencial.

O presidente Loubet, percebendo a manobra, levantou o braço e acenou. O Nº 9 baixava lentamente e a figura esguia de Petitsantôs era bem visível. Então o presidente Loubet percebeu que havia alguma coisa errada. Sua guarda pessoal engatilhava as armas e apontava para o dirigível; mulheres desmaiavam e os homens se jogavam no chão protegendo as cabeças. No meio da confusão o embaixador brasileiro implorava aos gritos para que a guarda presidencial não disparasse suas armas. Com um safanão o presidente Loubet se livrou de um soldado que tentava enfiá-lo por trás de uma poltrona. Ergueu a cabeça e viu Petitsantôs apontar um revólver e disparar. Não conseguiu se mexer enquanto os tiros eram disparados. Vinte e um tiros, ele contou. Quando cessaram, pensou em mandar internar o infeliz na pior masmorra da Ilha do Diabo.

Recordações de um diplomata brasileiro

Meu Deus, que confusão. Quase fiquei louco. O chanceler da França queria me condenar à guilhotina. Fiquei horas e horas a dar explicações esfarrapadas no Quai d'Orsay. A única manifestação de solidariedade que recebi foi do encarregado de negócios da Turquia. Os turcos achavam que aquilo era um protesto contra as atitudes colonialistas da França. Nem gosto de me lembrar. Tentem imaginar a situação: no ano anterior os franceses tinham sido abalados por um escândalo. A coisa ainda estava fresca na memória deles. Félix Faure, presidente da República, morre em situação comprometedora, enquanto fazia amor com sua jovem amante. Como se não bastassem as evidências, correu o boato de que tinha sido envenenado. A polícia investiga e não resulta em nada, a não ser os despistamentos de sempre. Falava-se pelos salões que Faure morrera em consequência de um número excessivo de pílulas afrodisíacas. De qualquer modo, o escândalo foi inevitável e passamos a desconfiar que tudo não passava de uma tentativa de golpe da direita. Efetivamente os conservadores assumiram o poder nas eleições seguintes. Muito bem, pensem agora como uma demonstração daquelas podia ser recebida. Certamente que a confusão no palanque presidencial foi inteiramente abafada... e Alberto, bem, ele nem ao menos se dignou a dar uma explicação para o seu gesto...

A notícia em Nova Iorque

Eu não queria acreditar — lembrava Aída. — Fiquei sabendo do acontecimento muito tempo depois, mas não creio que ele tenha feito tal coisa por causa de nossa separação forçada. Mas não deixa de ser lisonjeiro para uma mulher saber que seu amor é capaz de gesto tão extravagante.

Repercussão internacional

Yasher Akbar, ex-embaixador da Turquia na França, lembraria por muitos anos o ato anticolonialista do inventor brasileiro. Ele gostava de contar aos amigos, sentado em almofadas coloridas, as lembranças que guardava daquele 14 de Julho especial. Petitsantôs era um herói em Istambul.

Brasilêro corajoso, batricio. Atirô quemaropa na presidenta infiel. Akbar nun'esquece mais. Alá é todo-poderoso e protegeu individo das balas dos franceses. Alá é grande e Akbar quis ser generoso. Ofereceu cinco esposas ao pequenino brasilêro, mas pequenino devorvêo. Acho que generosidade espantou.

Crise internacional

Antônio Prado não esperava por aquele espetáculo arrepiante. Mais tarde, em casa, acamado, bolsa de água quente na cabeça, queixava-se para a esposa, sob a indiferença de Alberto e o olhar irônico de Goursat. Sentia-se pessoalmente atingido por aquele ato de insanidade alada.

Mas por quê, por quê, Alberto?

Eu não podia imaginar!

Como, não podia imaginar? Com os anarquistas jogando bombas em toda Paris? Com a crise e o desemprego?

Ora, não seja exagerado, foi só uma salva de vinte e um tiros.

Vinte e um tiros? Meu Deus! A guarda pessoal do presidente poderia ter trucidado você.

O mais grave foi o comportamento de certos heróis.

O mais grave foi quando eu tive de dar explicações. Agora é que os franceses vão pensar que nós somos malucos.

Não vão pensar nada, amigo Prado.

Você acha, Goursat?

Claro, os franceses vão apenas confirmar o que já sabiam.

Está vendo, Alberto?

Alberto dá de ombros e fica olhando pela janela.

E agora, o que é que você pretende fazer?

Eu? Eu vou para o Brasil.

O quê?

Antônio Prado levanta-se da cama e sacode a cabeça, como se estivesse no meio de um pesadelo.

É o que você ouviu... Parto amanhã de Cherbourg.

Planadores sobre o Sena

Poucos sabiam das atividades do capitão Ferber naquele final de ano. De volta da América, ele parecia um outro homem. Estava mais magro, menos falastrão e se transformara num extremado admirador dos progressos alcançados pela democracia estadunidense.

Chanute ainda teria longos meses de recuperação pela frente, mas não lhe negara apoio. O professor era um homem irrequieto, um verdadeiro cientista, uma figura extraordinária de incentivador e um devotado aos experimentos do voo mecânico. Mas o que lhe sobrava de conhecimentos eruditos, faltava-lhe em sorte. Era um temerário. Suas experiências com planadores estavam contribuindo definitivamente para o mais-pesado-que-o-ar, mas tinha sofrido tantos acidentes graves que gastava boa parte dos fundos de pesquisa em contas hospitalares. No primeiro encontro, prostrado em sua cama de hospital, o intrépido professor recebera calorosamente Faber com uma previsão.

Alguém vai voar logo, ele disse. Se não for aqui nos Estados Unidos, será na Europa. Dentro em breve um homem vai levantar voo por seus próprios meios.

Na mesma semana, Ferber teve um encontro em Nova Iorque com os homens que, segundo Chanute, estavam na vanguarda. Os homens eram desconfiados, falavam muito pouco e pareciam incomodados pelo ambiente luxuoso do Hotel Algoquin, onde o capitão estava hospedado. O de espessos bigodes chamava-se Orville, o outro, de fala branda, Wilbur. Em Dayton, onde viviam, eram conhecidos como irmãos Wright, vendedores e mecânicos de bicicletas.

Orville disse ao capitão que eles não estavam mais voando com planadores. Experimentavam um aparelho dotado de motor, em Kill Devil Hill, mas não queriam nenhuma publicidade.

Ferber convidou os dois a levar o aparelho para a França.

Wilbur disse que eles aceitavam em troca de uma ajuda de duzentos e cinquenta mil dólares. Ferber voltou à França decidido a levantar o dinheiro.

Aqueles dois bichos-do-mato ainda acabariam com a fama de seu inimigo.

Parte III

Os infortúnios de Quincas Borba
ou
Dumont-Daedalus no labirinto
(1903-1906)

*"Brancas opulências
Negras neurastenias."*

Cruz e Sousa

Biotônico Fontoura

A cidade não dorme, e quando perde a cabeça, faz sonetos. Ou desanda a cantar chorinhos. O calor anuncia febres ou desvarios colonizados. Barquinhos oscilam ao vento preguiçoso, repletos de cadetes da Escola Militar. Ao largo a armada aguarda. Ali estão o *Jutahy*, o *Piauhy*, avisos de guerra, e o cruzador *Barroso*. Mas os tiros são de festim. Até mesmo as salvas disparadas dos fortes da baía de Guanabara, nem bem desponta no horizonte o elegante *Atlantique*, às cinco da manhã do dia 7 de setembro.

Petitsantôs agora é Santos Dumont, dileto filho da terra verdejante, o homem que voa mas chega por mar. Foi para ele que embrulharam para presente o Pão de Açúcar, e ali fizeram pender uma faixa de boas-vindas.

E de outra coisa não se fala no Café do Rio. O dândi logo desfilará em carro aberto, "à la Renaissance", como é do gosto de madame Rui Barbosa. Entre as barbas e bigodes, as peles escuras misturam-se. Pelo menos hoje a rua do Ouvidor democratizou-se. Laranjeiras aguarda ao lado do Cachambi. Quarenta graus à sombra, mas o fraque e o chapéu-coco não se dispensam.

Xarope Bromil

Um grupo de populares, quase todos negros, vai descendo uma rua estreita, de paralelepípedos e esgotos à flor da terra, dançando e cantando. A música é a modinha de Eduardo das Neves.

"A Europa curvou-se ante o Brasil
E clamou parabéns em meigo tom.
Brilhou lá no céu mais uma estrela
E apareceu Santos Dumont.
Salve, Brasil
Terra adorada,
A mais falada
Do mundo inteiro.
Guarda teus filhos
Lá nessa altura,
Mostra a bravura
De um brasileiro!
Assinalou pra sempre o século vinte,
O herói que assombrou o mundo inteiro.
Mais alto do que as nuvens, quase Deus,
É Santos Dumont, um brasileiro."

O povo dança, alegre, ao som da modinha que a banda toca sem parar. Um carro alegórico com um dirigível de papel, recriado pela imaginação popular, vai sendo empurrado. No meio da massa alegre, algumas pessoas estão deslocadas, porque se vestem luxuosamente e são mais brancas que a maioria. Em meio a essa agitação, pequeno, vogando como um de seus balões, vai Alberto nos ombros dos populares.

O corso carnavalesco, onde não faltam serpentinas, confetes e limões de cheiro, invade as ruas estreitas e coloniais do Rio de Janeiro. Das sacadas, mulheres atiram pétalas de rosas.

Alberto está feliz, mesmo equilibrando-se precariamente nos ombros dos musculosos carregadores. Acena, sorri, deixando a emoção transparecer, aceitando o carinho daquele povo simples que por certo não sabia exatamente o que ele tinha feito.

Emulsão de Scott

Todo mundo parece pedir a palavra.

Suor, retórica.

E sonetos.

A metáfora perdeu a vergonha nos metais do 1º Regimento de Cavalaria.

Entre a Primeiro de Março e Ouvidor, dez discursos.

O carro ornado a 800$000 de orquídeas mal consegue andar.

Mas Alberto vai sobre os ombros do povo.

Viva o Rei do Ar!

Saúde! Filho de Minas, dessa Minas altaneira cujos viços alcantilados das serranias vultosas...

Xarope de hipophosphitos do Dr. Churchill

Assim eram os seus retornos. Os segredos do país, doces ou amargos, ruminados a distância, desapareciam. As perspectivas ajustavam-se para menos, as ruas, que ele imaginava largas, eram acanhadas. As casas, baixas e tristes. Restavam os amigos, sinais do destino, senhas dos segredos dispersos do país, fontes de calor e portos desses desencontros.

Xarope Laroze

Ainda que preferisse hotéis, os amigos não admitiam.
Todas as vacinas tomadas.
E ele abandonava-se aos terrores dos quartos de hóspedes, aos horários das refeições, à austera gravidade do espírito hospitaleiro.
O que fazer, se não passa de um visitante.
Um turista abstrato que se fez concreto em sua própria terra. Que perdeu para sempre o anonimato e já não pode flanar incógnito pelas calçadas do Passeio Público sem que os escolares o cerquem.
O que ele busca, afinal, com esses regressos?

O sabão mágico da Drogaria Pizarro

Vim ao Brasil; no Rio de Janeiro, em São Paulo, Minas e estados do Norte, por onde passei, me acolheram os patrícios com as mais cativantes festas de que jamais me esquecerei e que tanto me penhoraram.

Cafiaspirina

Todas as vezes que passava pelo Rio, Alberto se hospedava na casa de Carlos Rodrigues, um velho amigo. É ali que ele vai recuperar as forças, trocar de roupa, beber um refresco gelado de tamarindo e rever velhas amizades.

Ainda bem que conseguiu sobreviver ao povo.

Sobreviver ao povo não é problema, o problema é escapar vivo das solenidades oficiais. Como adoram discursos!

E quantos você já ouviu hoje?

Perdi a conta. Comecei ouvindo discurso antes de pôr os pés na terra. O pior é que eu não consigo retribuir, não sou de falar em público.

O pior não é retribuir, o pior é ser obrigado a ouvir.

Deve ser por isto que este país está cheio de surdos por conveniência.

Os dois amigos riem e uma outra negra vem abanar Alberto.

No dia seguinte, logo após acordar, Alberto leu todos os jornais da cidade. Sua chegada estava nas primeiras páginas. Leu atentamente cada uma das matérias e ficou impressionado com o excesso de metáforas e a adjetivação maníaca dos textos. O seu país era realmente inacreditável. "Santos Dumont é o Fulton da navegação aérea", dizia um. "Viúva cai morta durante cortejo", outro anunciava em letras de duas polegadas.

Morreu realmente uma senhora? ele quis saber mais tarde.

Aqui diz que a senhora Maria Torres, viúva do general Braga Torres, caiu morta quando atirava pétalas de rosas na carruagem.

Eu nem percebi. Que desgraça.

Você não tem culpa. O cortejo acabou virando um tumulto.

Eu estava na rua do Ouvidor quando os estudantes tentaram desatrelar os cavalos da carruagem. O cocheiro sofreou as rédeas e os cavalos empinaram. Alguns estudantes caíram no chão e eu tive medo que saíssem feridos gravemente. Isto para não falar que você estava no meio da barafunda. Por que tudo tem de virar entrudo nesta cidade? E a discurseira, meu Deus, você tem muita saúde para suportar tamanha tortura, Alberto.

Olha só uma voz discordante aqui no *Correio da Manhã*.

Quem é?

Um tal de Leôncio Correia.

Nunca ouvi falar.

O que é que ele diz?

Está furioso porque Alberto não trouxe os balões.

Ah!, eu também estou, Alberto. Você devia ter trazido.

Jamais me ocorreu voar aqui no Brasil. Essas pessoas julgam que voar é como um número circense...

Não é o meu caso, Alberto. Mas gostaria que você mostrasse aos brasileiros os progressos de seu trabalho.

Coisa que só os franceses tiveram a sorte de ver.

É exatamente isto que o articulista reclama. Diz ele que você, Alberto, deu "a essa França que nos amesquinha e ridiculariza" — estou citando o texto —, "a essa França republicana que não nos perdoa o crime de termos deixado sem trono o sr. conde d'Eu, mais que os espetáculos das ascensões gloriosas: deu o seu próprio invento como futura e formidável arma de guerra".

Ora, mas isto é uma calúnia. Eu não dei à França os meus inventos. Ofereci apenas em caso de guerra, desde que não se tratasse de guerra contra o Brasil ou qualquer outro país das Américas...

Memórias da passagem de um dândi

Durante aquela visita — lembraria Carlos Rodrigues, anos depois —, Alberto sofreu muito mais do que se divertiu. As recepções eram excessivas, ele irritava-se com a futilidade das pessoas, com a ignorância dos aproveitadores. Ficou particularmente estarrecido com a visita que fez ao presidente Rodrigues Alves, no Palácio do Catete. Um desastre, pelo que pude presumir.

Vocação agrária

... e esta vai ser a última oportunidade para que o senhor veja o nosso Rio de Janeiro como uma infecta vila colonial, de casario miserável, surtos de cólera e febre amarela. Não podemos continuar assim, com os navios estrangeiros recusando aportar aqui, a cidade ganhando fama de empesteada... Positivamente o Rio de Janeiro precisa se transformar numa cidade moderna, capital de uma república progressista.

Não se fala de outra coisa, excelência.

Mas nem todos compreendem o progresso. O senhor precisava ver como a oposição está tratando o governo.

Jamais me interessei por política, excelência.

O senhor é que é feliz. Pode se dar a esse luxo. Mas o que posso fazer? Sou político por vocação, mas aqui neste país a política não é uma dama casta, é uma cortesã. Uma cortesã!

Cortesã? Que cortesã?

Rodrigues Alves percebe que é inútil tentar impressionar aquele visitante estranho.

Não é a Bela Otero, não, senhor Santos Dumont! É a triste política desta terra de mulatos. Uma rameira!

Ah, sim!

Teatro Recreio

Central do Brasil, pessoas se acotovelam para ver Alberto embarcar. Um orador começa a perorar, com voz potente e metáforas loucas. Faz um horrível calor, as mulheres se abanam e Alberto está quieto, distante, como que ausente dali. Da janela de uma das cabines, seu irmão, Henrique, acena. Alberto parece ganhar vida, avança para o trem, afasta o orador irritante e entra no vagão.

Tudo na aldeia era festa

Na cabine, a primeira coisa que Alberto faz é fechar a janela. Depois abraça o irmão mais velho.

Pensei que você não viesse mais.

Cheguei ainda há pouco, mas você estava no meio de uma homenagem...

Meu Deus, essas homenagens...

Os dois irmãos ficam em silêncio, se examinam. Até que Alberto rompe o silêncio.

Como você se parece com papai.

É, é o que dizem... mas foi você, meu irmão, quem guardou as marcas de nosso pai.

E as irmãs, você tem recebido notícias?

Estão bem, graças a Deus.

Mal posso esperar para chegar em São Paulo, rever a nossa casa.

Dentro de dez horas, se o trem correr como deve.

E os trens continuam impontuais, como sempre?

Mais ou menos, você sabe como é!

Os dois irmãos sentam-se e o trem parte, sacolejando pelos subúrbios populosos e distantes.

As moças em longa fita

Começa a escurecer, e a estação de Barra do Piraí aproxima-se. Alberto e o irmão dormitam na cabine. O trem para na estação lotada, com banda de música e muitos discursos.

Qual delas a mais bonita

Madrugada, Alberto acorda assustado. O trem está parado na estação de Taubaté. Banda de música, discursos e foguetório. Aparentemente toda a população está ali, apesar da chuva.

Qual delas a mais louca

Nova parada em São José dos Campos, discursório e banda. Alberto está cada vez mais cansado.

Se estendiam pela estrada

Outra parada em Mogi das Cruzes, com os discursos de praxe. Alberto mal consegue chegar à janela e logo desaba de sono e cansaço.

Esperando um destacamento

Finalmente São Paulo. Na estação da Mooca, autoridades, populares e duas bandas tocando sem parar aguardam o herói. Ele desce, as roupas amarrotadas, cara de sono, acompanhado pelo irmão. Aplicam-lhe logo três discursos mas o herói é matreiro e apenas finge escutar. Depois, ladeado por normalistas do Caetano de Campos, embarca num landau puxado por dois cavalos brancos.

Que vinha nesse momento

O cortejo atravessa a rua Direita e não tem o clima carnavalesco da recepção carioca. A rua está repleta de pessoas sóbrias, que aplaudem comedidas a passagem do landau onde vai Alberto. Senhoras lançam pétalas de flores das sacadas e as duas bandas tocam músicas solenes. Apenas persiste a praga nacional dos discursos que interrompem a marcha a todo momento pela rua engalanada de bandeiras.

Rataplá, plá, plá, plá, plá

Logo à noite, o Jardim da Luz rebrilha em seus lampiões elétricos e nos metais da banda que toca no coreto. O povo aguarda o herói, distraindo-se ao som da música. Chega Alberto, acompanhado por Henrique e um pequeno cortejo de estudantes de direito. A banda para de tocar e sobe ao coreto um homem descabelado que anuncia a chegada da ilustre personalidade. Viva Santos Dumont!

Todos dão vivas e logo o coreto está cheio de candidatos a discursos pedindo a palavra. Tem início um grave desentendimento entre os ansiosos e temperamentais tribunos, mas o homem descabelado impõe ordem.

Calma, senhores. Calma. Vamos organizar uma fila!

A fila é organizada e um dos candidatos a tribuno começa a discursar. Alberto, ao ver a fila de tribunos que se agita, sai correndo, seguido pelo irmão. O povo, ao perceber que ele está fugindo, sai atrás, dando vivas. Com agilidade, demonstrando o bom preparo físico, Alberto salta canteiros e bancos, até atingir a carruagem. Logo o irmão Henrique o alcança ofegante.

Vamos embora...

Mas... mas...

Não aguento mais discursos...

A massa cerca a carruagem mas Alberto pessoalmente toma as rédeas e espicaça os cavalos, disparando pelo meio da multidão.

A carruagem escapa para uma rua vazia e Alberto fica mais tranquilo.

Vou voltar para o Rio.

Almanaque teatral

Palacete do barão Ataliba Nogueira. A mesa está preparada no terraço, com vista para a baía de Botafogo. Do lado de fora um cordão popular canta e dança. No meio da animação, sentado entre duas senhoras de buço, Alberto observa como se estivesse catatônico. Logo uma longa fila de senhoras se forma para pedir autógrafos no menu. Henrique observa preocupado o irmão. Começam os discursos intermináveis. Na primeira oportunidade, Henrique se aproxima.

Você está bem?, sussurra o irmão.

Estou... acho que vou para Cabangu, responde Alberto.

Para onde?, quer saber o irmão.

Está a gostar do angu?, confunde a anfitriã.

Cabangu, onde nascemos, já esqueceu?, confirma Alberto.

Ah! sim, Cabangu!, lembra-se o irmão.

Luar do sertão

O austero chalé ainda parece adormecido em seu berço de verdura protegido pelas montanhas de Minas. Na varanda larga, em roupas que lhe dão a aparência de um pacato fazendeiro, Alberto observa a luminosidade do vale. Ao seu lado, Henrique e dois antigos companheiros de infância, lavradores humildes das redondezas. Tudo é paz e tranquilidade no silêncio entrecortado pelo canto dos galos, dos pássaros e pelo ressoar do vento discreto nas folhas das árvores.

Uma mulher aparece com uma bandeja de café e broas de milho.

Olha só, broas, quanto tempo faz que eu não como!

A mulher serve o café numa mesa arrumada na varanda.

Garanto que o Alberto nunca sentiu falta de broa.

É, ele nunca foi lá muito amigo de broa.

Eu comia, vocês sabem como era mamãe. Menino não tinha nada que escolher comida, tinha de comer o que estivesse na mesa.

Os quatro sentam-se à mesa, alegres.

Eu gosto.

Mas o Alberto deve estar acostumado com coisa mais fina.

Croissants!

O quê?

Uma espécie de pão que os franceses adoram. Para dizer a verdade eu não sou de comer quando acordo. Prefiro apenas uma boa xícara de café...

Os amigos passam a tomar café em silêncio, naquela cumplicidade que sempre os amigos encontram para passar juntos os momentos da vida.

Uma charrete aparece e vem estacionar ao pé da varanda.

Alberto dá o último gole em seu café e levanta-se. Os outros três, ainda mastigando os últimos pedaços de broa, acompanham. Os quatro embarcam na charrete.

Alma de ferro

A charrete está estacionada num barranco coberto de capim. Apenas o cocheiro está por perto porque os quatro amigos desceram para as margens de um regato cristalino que corre lá embaixo. Os amigos riem e conversam, trocando lembranças.

Era aqui sim... Eu já não lembrava mais. Também, quanto tempo faz?

Ih!, faz um bocado. Vinte e cinco anos.

E eu que pensava que o Alberto era meio maluco.

E não acha mais?

Bem...

A gente vinha sempre aqui, bem cedinho.

Quem inventou essa brincadeira mesmo?

O Henrique, ora, ele era o mais esperto de nós.

Eu tinha de prestar muita atenção.

Pedra voa?

Não.

Pombo voa?

Voa.

Jacaré voa?

Não.

O homem voa?

É... sim...

Os três começam a rir.

Quando você fazia essa pergunta para o Alberto, ele respondia que sim sem gaguejar.

De alguma maneira você já sabia, não é mesmo Alberto?

Eu não tinha muita convicção, mas sempre fui muito teimoso.

E você acabou provando que o homem voa mesmo.

O que não é muita coisa aqui no Brasil.

Não é? Puxa, se não é!

Não é mesmo, amigos. Aqui neste país tudo voa.

Voa?

O custo de vida aqui não voa?

Voa, ora se não voa.

A nossa dívida externa não voa?

Meu Deus, como voa.

Promessa de político voa?

Voa.

Ouvem ruídos de mais charretes chegando.

Quem será?

Olham para o alto do barranco e notam a chegada de uma caravana de pessoas. Um homem baixo, vestindo casaca e uma faixa, é o prefeito de Barbacena, e vem chefiando a delegação de comerciantes, senhoras, mocinhas da escola normal e rapazes do ginásio. Um padre segue, arfando, o cortejo barranco abaixo.

Fomos descobertos.

Viva Santos Dumont!

Viva.

Viva o Brasil!

Viva.

Acho que vou pra Paris.

O turista invisível

Na casa do amigo Carlos Rodrigues, Alberto mostra-se irritado. Henrique, compreensivo, tenta acalmá-lo.

Não adianta ficar assim. As pessoas querem ver você.

Não, não e não. Vou ficar aqui até a hora de embarcar.

Mas são dez horas até o embarque, Alberto.

Excelente, terei pelo menos dez horas de paz aqui neste país.

Está bem, você é que sabe.....

Batem na porta.

Pode entrar.

Entra Carlos Rodrigues e um rapaz negro muito bem vestido.

Alberto, desculpe incomodar, mas...

Não tem importância.

Este aqui é José do Patrocínio Filho.

Muito prazer, senhor Santos Dumont.

E o seu pai, como está?

Vai indo bem.

Alberto, o jovem aqui tem a missão de levar você para ver o dirigível construído pelo José do Patrocínio.

Alberto olha para o irmão e quase explode. Mas o jovem Patrocínio irradia uma irresistível simpatia.

Está bem, pelo menos terei a satisfação de abraçar um grande brasileiro.

Samba da aerostação

O bonde, como que empurrado por uma massa entusiasmada, vai subindo a rua em ladeira. Sentados, Alberto, Patrocínio Filho, Henrique Dumont e Carlos Rodrigues acenam para o povo. O motorneiro e o condutor não permitem que os mais afoitos subam no veículo e perturbem os passageiros.

E você, gosta também de balões?

Sinto dizer que tenho pavor de altura.

Quer dizer que jamais subiria num balão?

Não sei, se um dia for preciso.

Muito bem, prova que o jovem não nega a raça.

Eu sou um artista, senhor Santos Dumont...

Me chame de Alberto, nada de formalidades.

Então me chame de Zeca.

Quer dizer que você é um artista, Zeca?

Pois é, Alberto. Sou um artista, trabalho no teatro. E quem faz teatro aqui no Brasil sobe até em balão pegando fogo.

Aqui tudo é mais difícil, não é?

E como, caro amigo, respondeu o jovem, arrematando com um sorriso malicioso e mundano. Artista aqui tem de dar nó em pingo d'água.

Alberto sentiu que havia uma certa frascarice no rapaz, mas não deixou de rir da frase espirituosa e nonsense. Aliás, ele estava se deliciando com a conversa vivaz do jovem Patrocínio. O rapaz era dono de uma inteligência pouco refinada mas cheia de instinto e colorido, coisa rara naquela terra de falastrões que diziam as mais solenes tolices quando deveriam fechar a boca. O jovem negro lhe dava a impressão de estar pela primeira vez falando com uma pessoa viva no Rio.

É, Betinho! A bufunfa num é fácil!

Eim? O quê?

Os dois riem enquanto o bonde vai subindo a rua em ladeira, com o cortejo alegre de populares.

O divino crioulo

O dirigível *Santa Cruz* está sendo montado num galpão pobre. Todos os trabalhadores são negros e o ambiente lembra aqueles galpões de montagem de alegorias de escola de samba. José do Patrocínio, muito doente e envelhecido, está sentado numa ampla cadeira de vime, vestido em sua melhor casaca. Ao ver Alberto entrar, levanta-se com dificuldade. Alberto o abraça com emoção.

Sentado na cadeira, ladeado por outras cadeiras onde estão Henrique e Carlos Rodrigues, José do Patrocínio observa orgulhoso a minuciosa inspeção que Alberto faz no dirigível em obras. Com a minúcia que lhe é típica, Alberto não deixa passar nenhum detalhe.

Mas que trabalho de costura, uma perfeição, os pontos são resistentes e quase invisíveis...

É trabalho de Rosa... Rosa, cadê Rosa?

Aparece uma negrinha miúda, tímida, vestida modestamente.

O senhor chamou.

Rosa, este cavalheiro é o Santos Dumont...

A moça observa fascinada Alberto.

Onde você aprendeu essa técnica de costura?

A garota não responde e tem os olhos vidrados em Alberto.

Responde, menina. Que é isso?

Rosa sorri e esconde parcialmente o rosto com as mãos.

Ela ajuda na cozinha de um restaurante na Ouvidor.

Ela é muito bonita.

Patrocínio Filho percebe que Alberto não tira os olhos da linda moça.

Alberto, você precisava ver as outras que trabalham para o velho.

Mas que intimidade é esta, rapaz? Quem lhe deu o direito de tratar o senhor Santos Dumont com esta falta de respeito. Essa juventude de hoje!

Ora, papai...

Não se preocupe, senhor, o Zeca só me tratou como um amigo deve tratar outro amigo.

É uma grande generosidade de sua parte aceitar meu filho como seu amigo.

Generosidade? Não, de jeito nenhum...

Generosidade sim, senhor Santos Dumont... O senhor sabe o que estou querendo dizer...

Não, não sei.

Por favor, papai.

Temos de reconhecer, meu filho, que só um homem como o senhor Santos Dumont ousaria se declarar amigo de um de nós.

Por quê?

Por quê? Olhe para o senhor e olhe para nós. Aqui no Brasil, infelizmente a verdade é esta, homens como nós, quando a intolerância é esquecida, nos declaramos apenas conhecidos. Nunca amigos.

Entendo...

Um clima de constrangimento se abate no galpão. Alberto volta a examinar o dirigível. Outra moça de estonteante beleza negra entra com um champanhe gelado e taças. Patrocínio Filho encarrega-se de abrir o champanhe. Quando a rolha salta, e as taças são servidas, José do Patrocínio levanta-se da cadeira e apanha uma delas.

Papai, olha o que o médico disse!

Médicos! Médicos! Bah!

José do Patrocínio levanta a taça e faz um brinde.

Ao sonho, às nuvens...

Bebe e tem acesso de tosse com uma leve hemoptise que mancha de sangue o lenço que uma das moças negras usa para limpar-lhe a boca com carinho.

Já estou bem... só peço a Deus mais um ano... apenas mais um ano... e adeus terra! E lá vai o Zé do Pato... longe, bem longe, respirando o ar de Deus...

Todos observam comovidos. Alberto aproxima-se e abraça José do Patrocínio longamente. Os dois, então, afastam-se dos presentes e aproximam-se da estrutura do balão.

Como tudo é difícil neste país, senhor Santos Dumont.

Os sonhos custam caro em qualquer lugar.

Mas aqui paga-se o dobro.

É possível, mas eu sei que o senhor não vai desistir.

Não, não vou, mas talvez a minha velha inimiga me derrote antes.

Voar significa muito para o senhor, não é?

Para lhe dizer a verdade, não tanto o voo mas o significado dele. Imagine só, senhor Santos Dumont, um negro voando nos céus do último país a manter a escravidão! Um preto sujando o céu azul do Rio de Janeiro!

Talvez por isto este leme aqui seja tão perfeito, senhor José do Patrocínio, tão perfeito...

Sim, o leme...

E José do Patrocínio sorri de felicidade. Mas a calma logo é interrompida por um burburinho à entrada do galpão. Um engalanado grupo de cidadãos começa a entrar, visivelmente nauseados pelo grande número de negros no ambiente.

É uma comitiva de comerciantes...

Alberto corre para junto do irmão.

Hora de ir para Paris.

Os grilhões da retórica

Um homem de bigodes finos, vestindo casaca, está discursando. A julgar pela pilha de papéis que tem à sua frente, o discurso será longo. Sonolento, lutando para simular um interesse que não tem, vestindo igualmente uma casaca de peito duro, Alberto mexe-se numa cadeira dourada. Uma seleta audiência cerca o aeronauta, em outras cadeiras douradas, lotando quase inteiramente um salão profusamente decorado. Ao fundo, por trás do prolixo orador, estão as bandeiras da França e do Brasil. Na mesma fileira onde Alberto marca o centro, estão Sem, Antônio Prado, a esposa, Cristina Penteado e um casal idoso, o conde D'Eu e a condessa D'Eu. O orador, com os seus gestos teatrais, é o presidente da França. Estamos em 1905.

Quando o presidente finalmente encerra o seu discurso, todos se levantam, aplaudem e um funcionário empertigado entra com uma almofada vermelha, onde estão a faixa e a medalha da Legião de Honra da França.

Alberto dá alguns passos e aguarda no meio da sala, bem à frente do presidente da França. Este, com cuidado, retira a faixa e a veste em Alberto. Depois, apanha a medalha e prende na lapela da casaca de Alberto, beijando-lhe as bochechas. A sala irrompe em aplausos até que Alberto decide agradecer a honraria. Fala meia dúzia de palavras formais.

Honrarias e desafios

Chapin fazia uma imitação perfeita do presidente da França. Quando ele começava, parodiando a solenidade de entrega da Legião de Honra a Petitsantôs, todos paravam para rir da pantomima. O momento que os mecânicos mais adoravam era quando o próprio Petitsantôs, simulando enfado pelo interminável discurso macarrônico de Chapin, tapava-lhe a boca. Foi durante uma dessas brincadeiras que um jovem de 26 anos, cabelos louros e corpo atlético, carregando uma pasta cheia de papéis, chegou a Neuilly. Vestia-se modestamente, mas seguia à sua maneira a moda "petitsantôs".

Opa, temos visita. O que deseja, meu rapaz.

Desculpem... eu devia...

Não se preocupe, somos todos realmente loucos.

Procuro o senhor Santôs Dumont.

Se é emprego, o quadro está completo.

Sou eu, o que deseja?

Meu nome é Gabriel Voisin... tenho alguns projetos para mostrar.

Voisin. Voisin... acho que já ouvi o nome...

Trabalhei com Freynet e Godefroy. Tenho uma oficina mecânica com meu irmão, em Paris...

Voisin, mas claro... o senhor construiu um planador, não foi?

O senhor é realmente bem-informado, como me disseram.

Sou apenas um fanático...

Os outros técnicos observam a conversa com uma certa hostilidade, o que não deixa de ser percebido por Alberto.

E vocês, não trabalham mais?

Trabalhar? Trabalhar em quê?

Está bem... vejamos os projetos...

Voisin abre a pasta e espalha os papéis sobre uma mesa. Todos se debruçam sobre os esboços e Chapin, o mais presunçoso, resolve se pronunciar.

Mas isto, ora, isto são papagaios, brinquedos de criança...

Alberto faz Chapin se calar com um olhar de censura.

Entre guerra

Eu era muito jovem — lembraria Gabriel Voisin —, mas sabia da importância de Alberto. Um dia, depois de criar coragem, fui procurar emprego em Neuilly. Eu necessitava da ajuda dele, meus conhecimentos eram teóricos e ele era o exemplo da prática... claro que eu não era de todo um leigo no assunto. Mas Petitsantôs tinha um gênio muito difícil, era orgulhoso e jamais aceitava qualquer opinião. Aprendi muito com ele, não guardo nenhuma mágoa.

Novas experiências

Um bizarro papagaio de formas quadradas dança freneticamente no céu nublado do Bois de Boulogne. Voisin empina o papagaio com grande perícia, fazendo-o correr pelo céu, descer e subir em movimentos surpreendentes. Alberto, atento, segue as evoluções do papagaio, enquanto Antônio Prado, a esposa e Cristina Penteado observam indiferentes.

Não é maravilhoso?

Maravilhoso? Você está por acaso voltando a ser menino, Alberto?

Você acha que isto é brincadeira de criança?

Claro...

Madame Prado segreda maliciosa no ouvido de Cristina: Pode até ser uma brincadeira de criança, mas eu não jogaria fora o jovem Voisin.

Cristina Penteado sorri e aproxima-se de Voisin. Posso experimentar?

Mas é claro que pode. Pegue a linha...

Cristina apanha a linha e sente a força do vento tentando arrancar o papagaio de sua mão.

Nossa, como o vento puxa...

O papagaio começa a fazer uma descida rápida.

Cuidado.

Voisin apressa-se em ajudar Cristina e o faz de uma maneira propositadamente maliciosa. Abarca Cristina com o próprio corpo, como um professor de tênis faz com sua aluna principiante, e, segurando-lhe a mão, mostra-lhe como controlar o papagaio. Mas aquele professor parecia mais interessado em manter cativa a aluna que controlar de verdade o papagaio no céu. O resultado é que o papagaio acaba emaranhando-se numa árvore.

Meu Deus, nunca pensei que fosse tão difícil.

Alberto, observando a atitude de Voisin, vai ficando irritado.

É excitante, não?

O que é isto, Alberto? Com ciúme?

Não seja pretensiosa, Cristina, ele está furioso porque o papagaio se despedaçou.

Fugindo da irritação de Alberto, Voisin corre para tentar desembaraçar o papagaio que se prendeu na árvore.

Papagaios no céu

Sozinho, Alberto arma um outro papagaio, de desenho mais complicado, e empina o brinquedo correndo pela grama úmida do bosque. Com o inverno ainda muito rigoroso, poucas pessoas estão ali. O papagaio sobe sem problemas, logo dançando ao sabor dos movimentos que Alberto faz. Mas o vento parece aumentar de repente, e o papagaio salta, descontrolado, até romper-se a linha. Ao sabor da ventania, ele vai sendo arrastado, caindo. Alberto, num reflexo, corre para tentar pegar o papagaio. Corre às cegas, passando por arbustos e algumas vezes saltando sobre obstáculos. Não parece ver nada, absolutamente concentrado no papagaio que vai sendo arrastado no céu. Assim, atravessando velozmente o bosque úmido, Alberto vai surpreendendo os raros frequentadores, casais de namorados, bêbados, até que, sem se dar conta passa intempestivamente pelo interior de um caramanchão onde um idoso casal fazia uma merenda, servido por criados de libré.

Alberto, ao entrar no caramanchão, desvia-se de um criado, salta sobre uma grande cesta com vinhos e alimentos, derrubando a pequena mesa de armar onde o casal tomava chá com brioches. O velho cavalheiro levanta-se e a dama solta um grito de susto, mas o desvairado invasor já vai longe, ignorando os estragos que deixou atrás. A dama molhou seu vestido de tafetá com o chá quente e o cavalheiro jogou para o alto a travessa de brioches. Pondo os óculos, ele tenta reconhecer o estabanado.

Mas o que é isto?

Viu quem era?

Não, eu estava sem os óculos.

Parecia um furacão!

Não se tem mais um pingo de paz neste lugar.

Tenho a impressão de que sei quem era...

Quem era?

Tenho certeza que era Santos Dumont.

O marido, como não pode fazer nada, limita-se a ficar vermelho de raiva.

Este homem em terra é um perigo.

O criado solta um discreto pigarro.

Sim, Victor?

Tem um brioche na vossa cabeça.

O cavalheiro, irado, abana de sua cabeça o impertinente brioche. O gesto previsível do marido provoca um acesso de riso na mulher.

O que fazer se ele era assim

Goursat não deixava de se divertir com essas histórias. A distração de Alberto era proverbial, lembrava ele. O nosso inventor vivia absorvido em seu próprio mundo e não prestava muita atenção a este atribulado mundinho das pessoas comuns. As vítimas do Bois de Boulogne tinham sido o conde e a condessa D'Eu. A condessa, que era também princesa do Brasil, via graça em tudo que Alberto fazia. O conde, naturalmente, considerava Alberto um grosseirão. Às vezes Alberto podia ser realmente grosseiro...

Tirando o animal da toca

Petitsantôs andava tão absorvido em suas investigações que praticamente desaparecera das colunas sociais. Uma noite Sem o arrastou para o Maxim's. O homem estava uma fera, entregando o chapéu e o sobretudo à chapeleira, quando apareceu uma jovem de excepcional beleza, acompanhada de um rapaz.

A jovem pareceu reconhecê-lo: ... mas o senhor não é?

Não, não sou não. Grosseiramente ele respondeu, dando-lhe as costas. A jovem sorriu, compreensiva, e deu o braço para o seu acompanhante.

Sem, que presenciara a descortesia com desolação, não se conteve.

Por Deus, Alberto, mas que maus modos.

A culpa é sua, quem manda me arrastar para cá.

Ainda bem que consegui arrastar você, ou ia se transformar num selvagem. Passa dias e dias encerrado naquela casa... Não fala com ninguém...

Mal suporto as pessoas... aproximam-se sempre para cobrar coisas: Quando vai voar de novo? O senhor anda desaparecido, o que aconteceu? Não aguento...

Sem dá de ombros ao ouvir as queixas de Alberto. O maître aproxima-se.

Queiram me acompanhar, por favor, cavalheiros.

Os dois seguem o maître e vão sentar-se a uma mesa perto da orquestra. A música animada de uma polca domina o ambiente. Alberto precisa falar alto para ser ouvido.

Esta mesa é a pior da casa. Estou mesmo decaindo...

Sem olha para o amigo com um princípio de contrariedade. Está começando a se arrepender de ter convencido Alberto a sair de casa. Faz um gesto nervoso e logo o maître aparece, solícito e apressado.

Pois não? grita o maître por entre os acordes da orquestra.

Esta mesa, vamos acabar surdos, protesta Alberto, aos berros·

Mas... mas Petitsantôs, esta é a sua mesa predileta.

Jamais, fica muito próxima da orquestra.

Sem levanta as sobrancelhas em sinal de desaprovação.

Que tal aquela lá, está bem longe da orquestra.

Longe demais...

E aquela?

Muito ao fundo.

Bem... senhor... o que acha daquela?

Fica no caminho dos garçons, um horror.

Esquecida da grosseria recebida, a jovem, após observar a infindável altercação, diz algo ao ouvido de seu acompanhante. O cavalheiro levanta-se e aproxima-se dos três que estão gritando e gesticulando perto da orquestra.

Desculpe interromper.

Como?

Desculpe interromper...

O que aconteceu?

Mademoiselle Lantelme deseja que os cavalheiros venham para a mesa dela.

Que mesa?

Aquela...

É uma grande gentileza da parte de mademoiselle.

Estamos muito gratos.

Como?

Eu disse que estamos muito gratos.

Seguidos pelo maître o grupo dirige-se para a mesa de mademoiselle Lantelme. A jovem recebe o irritadiço convidado com genuína satisfação.

Eu sabia que o senhor era o senhor...

Beijando-lhe a mão, Alberto desculpa-se: Mil perdões!

Aos gênios tudo se perdoa.

Fui muito grosseiro.

Não se desespere por isso, eu entendi perfeitamente, sou uma atriz e sei o quanto é aborrecido viver sendo abordado por desconhecidos.

Nosso amigo anda com os nervos à flor da pele.

É sinal de que está prestes a realizar grandes feitos.

Mademoiselle é muito perspicaz.

Petitsantôs agora é todo sorriso. Lantelme faz as apresentações.

Este é Marcel, um amigo. E o senhor, suponho, é o não menos famoso Sem. Mas, por favor, queiram sentar. Os homens trocam apertos de mão e sentam-se. Alberto, impulsivamente, toma o lugar ao lado da jovem, frustrando o cavalheiro que até então monopolizava as atenções da atriz.

Se não me engano mademoiselle tem uma estreia para breve?

Não falemos de teatro... os ensaios estão muito estafantes...

Então, se mademoiselle quiser dançar?

Excelente ideia, caro Petitsantôs.

Os dois vão para a pista e começam a dançar. A orquestra acabou de executar a polca e dá início a um tango. Mademoiselle Lantelme hesita.

Acho que não sei dançar este ritmo.

Basta acompanhar-me.

Como o tango é uma moda recente, poucos foram os pares que se aventuraram a permanecer na pista. Alberto sai dançando o tango com uma extraordinária desenvoltura, obscurecendo os outros pares.

O senhor é louco!

Senhor? Resolveu vingar-se, agora?

Vingar-me?

O insulto que lhe fiz à entrada... Agora chama-me de senhor!

E como devo chamar-lhe?

De você, de Alberto.

Aceito se for recíproco.

Sei apenas que se chama Lantelme.

Aos amigos especiais permito que me chamem de Naná.

Como a de Zola?

Espero que meu destino seja outro.

Naná, como você é linda.

E deslizam pela pista ao ritmo sincopado do tango, atraindo os olhares e a inveja dos presentes. Mas a dança não dura muito tempo. Um homem acaba de entrar no salão, mantendo-se discretamente na penumbra da entrada. Sem esperar pelo fim da música, mademoiselle Lantelme larga Alberto no salão e corre para a mesa. Alberto segue-a perplexo. Devo partir, ela sussurra, apanhando os seus pertence e correndo para ter com o homem que se escondera na penumbra o tempo todo. Alberto apenas pode sufocar a pergunta que lhe vem aos lábios.

Ele deve ser muito exigente — comenta Sem, divertindo-se.

Mas ela agiu como se fosse uma escrava — protesta Alberto.

Ela é escrava desse homem — explica o rapaz que a acompanhava.

Petitsantôs fecha a cara e novamente deixa-se dominar pelo mau humor.

Mistérios de folhetim

No hangar em Neuilly, Alberto está trabalhando com Voisin. Os dois, abstraídos da atividade dos outros mecânicos, debruçam-se sobre projetos desenhados em papel vegetal.

Eu sei que você acha muito feio, Voisin.

Realmente, é feio...

Mas vai voar.

Você não pode esquecer que agora não se trata de um balão.

Eu sei, não precisa ficar lembrando isto a todo momento.

Um mais-pesado-que-o-ar tem problemas de aerodinâmica...

Eu sei... eu sei...

Não sei se realmente sabe.

O que é que você quer dizer com isso?

Veja bem aqui... a simetria dessas asas... estive fazendo alguns cálculos e, pelo que posso deduzir, o ângulo que você escolheu é muito fechado... poderá desequilibrar o aparelho...

Meus cálculos dizem outra coisa...

Posso ver os cálculos?

Alberto entrega um bloco cheio de cálculos, Voisin examina com um lápis, vai sublinhando algumas operações.

Não fique aborrecido, Petitsantôs, mas há alguns erros aqui.

Alberto joga sobre os projetos um lápis que estava segurando, e retira-se do hangar. Voisin coça a cabeça e olha para os outros mecânicos, mas percebe que dos antigos colaboradores de Alberto não virá nenhuma solidariedade para o seu desapontamento. Ao contrário, os velhos mecânicos estão a lhe fuzilar com olhares de desaprovação.

Ao notar que lhe falta ambiente no hangar, Voisin veste o seu paletó, coloca o sobretudo, enrola o cachecol em torno do pescoço e resolve sair. O frio do final do inverno talvez lhe ajude mais do que o clima abafado do hangar.

Ao sair do hangar, Voisin não deixa de ver Alberto, meio ausente, ao volante de seu carro elétrico. O verdejante gramado em que a propriedade se transformava no verão era agora uma desoladora mistura de restos de neve, lama e árvores secas sob um céu cor de chumbo. Gralhas famintas voavam em bandos no horizonte, e as casas vizinhas estavam escuras, as paredes de pedra manchadas de umidade e limo esverdeado. O ar, no entanto, era puro, penetrava pelas narinas com uma cortante sensação gelada, que despertava o cérebro e desafiava os músculos do corpo para a ação, como as duchas geladas da manhã que ativavam a circulação e despertavam o raciocínio com o choque térmico. Voisin, numa reação quase instintiva, deu uma sorvida no ar invernal e caminhou para o carro onde Alberto se refugiara. O respeito que ele tinha por Alberto, pelo que o brasileiro tinha de ousado e destemido, superava todos os atritos daquela parceria tumultuada e cheia de arestas. Alberto era temperamental. Voisin era paciente e perseverante. O brasileiro estava vivendo sob pressão, tudo o impelia a superar seus próprios recordes, mas havia alguma coisa além dessa simples pressão circunstancial. E Voisin queria saber o que era, porque seu destino na aviação dependia do sucesso de sua empreitada com Alberto. Mas o brasileiro não era fácil de conviver.

Cuidadosamente Voisin se aproximou do carro. Mas Alberto, dando-se conta da aproximação, deu a partida e desapareceu por entre os choupos desfolhados que margeavam a estrada para Paris.

A besta humana

O carro elétrico de Alberto estacionou numa estreita rua do bairro Pantin, e ele desceu, entrando a seguir numa decrépita casa de cômodos. A entrada comum estava quase impedida por uma barreira de latas de lixo e a escada, de tão velha e carcomida, parecia querer ruir a qualquer momento. Alberto parou em frente a uma das portas, consultou um envelope que retirara do bolso do paletó, confirmou o número e bateu. Uma velha, vestindo roupas humildes, abriu a porta e deu-lhe passagem com um sorriso dúbio, que tanto podia ser de subserviência quanto de malícia. Mas Alberto não pareceu se dar conta.

Onde está ela?

A velha apontou para um canto do cômodo pobremente mobiliado, dividido por uma cortina de encardidos e remendados lençóis. Ele afastou a cortina e revelou, adormecida sobre uma cama de latão escurecido pelo zinabre, Naná Lantelme. A moça não despertou de início e ele voltou a se dirigir à velha em voz baixa.

Quem é a senhora?

Sou a mãe dela.

Mãe? Ela não me disse que vivia com a mãe.

Somos pobres, senhor... Ela tem vergonha de mim.

O que está acontecendo?

O senhor a ama?

Como, minha senhora?

Perguntei se o senhor ama a minha filha.

Para ser sincero, minha senhora, nós mal nos conhecemos.

A velha fecha a cara e começa a esbravejar.

Mal conhece a minha filha. É sempre assim. Os homens são todos iguais...

Por favor, minha senhora...

Se não ama a minha filha, se mal a conhece, o que é que o senhor veio fazer aqui? Como o senhor explica isto?

Eu recebi este bilhete...

Naná Lantelme aparece, descabelada, abatida, como se estivesse doente.

Por favor, mamãe. Quer nos deixar a sós?

A mulher veste uma capa desbotada, põe um chapéu e sai batendo a porta.

Você precisa perdoar mamãe, a vida tem sido muito dura.

Mas... mas o que está acontecendo?

Eu já explico, se você tiver paciência. Sente-se...

Alberto senta-se numa velha cadeira de madeira e ela acomoda-se numa poltrona desbotada e cheia de rasgões.

Vim logo que pude... Seu bilhete me deixou preocupado.

Preocupado ou curioso?

Alberto responde com uma máscara de irritação.

Perdão, não queria ofender. Não se deve ofender a quem se pretende pedir ajuda.

Se mademoiselle fosse mais clara...

Eu estou doente, Alberto. E não tenho a quem recorrer.

Você está doente. É grave?

Eu não sei, o médico ainda não chegou a uma conclusão.

Mas você é uma atriz famosa. Por que recorreu a mim?

Não sou ainda famosa, estou começando. Eu e mamãe chegamos em Paris há dois anos. Tínhamos uma plantação de alfazema na Gasconha, mas papai morreu endividado e nos tomaram tudo. Ficamos na miséria...

Você não está trabalhando numa peça?

Não estarei, se eles souberem que estou doente. Alberto olha em volta, está pasmo, desarmado, é a primeira vez que se vê numa situação como aquela.

Naquela noite no Maxim's, alguém apareceu. Você me deixou sem dar uma explicação. Por quê?

Eu sabia que você iria tocar nisso. Ah! como vocês são todos tão previsíveis... Era meu irmão...

Seu irmão?

Ele não consegue aceitar que eu seja uma atriz. Para ele uma atriz é igual a... a essas mulheres...

E faz um gesto vago com a mão.

E esse irmão, o que faz?

Ele trabalha num açougue da rue Dauphine.

Um açougueiro.

Um homem simples, que jamais deveria ter deixado o campo. Ele me persegue... Toma meu dinheiro quando bebe...

Naná começa a chorar, deixando Alberto ainda mais constrangido.

Vamos, não chore... O que é que eu posso fazer por você?

O médico disse que talvez eu melhorasse se fosse para uma clínica em Vichy. Mas é muito caro, e eu não tenho esse dinheiro. Estou desesperada... Você não se arrependeria, eu pagaria...

Retoma o choro, agora mais convulso.

De quanto você precisa?

Eu sei que você é rico. O que eu preciso não significa nada para você.

Quanto?

Vinte mil francos...

Alberto fica pálido, suas mãos vagam nervosamente pela lapela de seu paletó.

Não sou tão rico quanto você imagina.

Mas eu preciso... se você não me ajudar, estou perdida... acabo cometendo um desatino...

Verei o que posso fazer...

Alberto levanta-se da cadeira, o ambiente do quarto subitamente lhe parece intolerável, abafado, recendendo a diversos eflúvios corporais.

Quando saberei?

Amanhã.

Eu entro em contato com você.

Para quê? Eu posso vir aqui.

Não, talvez eu não fique aqui... minha mãe está muito velha, minha presença aqui é um estorvo para ela.

Está bem, responde Alberto, desconfiado.

Durante alguns segundos, ele hesita, mas depois retoma o controle, pega a mão de Naná e curva-se para beijá-la. Mas ela se levanta, lança-se sobre ele e dá-lhe um beijo na boca. Surpreso, Alberto retrocede, quase perdendo o equilíbrio. Ela o liberta com uma expressão febril e deixa que ele parta. Alberto retira-se dali, saltando de dois em dois os degraus da escada.

Complicada contabilidade

A expressão preocupada com que Antônio Prado apareceu em casa não passou despercebida de sua mulher. Ela estava comodamente sentada ao pé da lareira, lendo alguns jornais de São Paulo, quando o marido chegou do trabalho.

Meu Deus, que cara! O que aconteceu, rompemos com a França? Caiu o nosso governo?

Estou apenas cansado, não aconteceu nada.

Não aconteceu nada e você está nesse estado?

Antônio Prado jogou a pasta de couro sobre uma escrivaninha, e um criado veio ajudá-lo a despir o sobretudo, receber o cachecol e o paletó, entregando-lhe o smoking de estar em casa. Durante esse tempo ele se manteve em silêncio, alheio às perguntas da esposa, o que só serviu para que ela ficasse cheia de curiosidade. Ela largou os jornais e veio ter com o marido. Um beijo no rosto dele não foi suficiente para tirá-lo daquele estado, ela então o levou pela mão até uma poltrona perto do calor da lareira.

Sentindo-se melhor?

Antônio Prado sacudiu positivamente a cabeça, olhando as chamas dançarem consumindo as achas de lenha da lareira.

Não vai mesmo me contar? É segredo de Estado?

O marido acabou sorrindo, sem desanuviar totalmente. Serviu-se de uma bebida e ficou a observar as cartas do dia que estavam sobre a sua mesa.

É o Alberto — ele desabafou, refletindo a perplexidade que sentia.

Alberto, o que tem ele?

Ligou para mim hoje de tarde... veio com uma conversa misteriosa, dizendo que precisava de vinte mil francos.

Vinte mil francos! Este novo projeto deve estar consumindo muito dinheiro. Quanto foi que ele retirou este mês?

Oitenta mil francos...

E então, o que você fez?

Você sabe que eu não tenho nada com isso, ele gasta o dinheiro dele como bem entende, eu não me meto. Faço apenas o papel de amigo, administrando a renda que vem para cá... O problema é que ele não tem esse dinheiro...

Ele está arruinado?

Arruinado? Não, Alberto contínua muito bem, mas as remessas do Brasil seguem uma norma... Expliquei isto para ele...

Então para que se preocupar?

Espero que ele aceite bem a minha explicação. O pedido já me deixou alarmado, Alberto sempre foi muito organizado, segue religiosamente o seu orçamento mensal... é um homem muito controlado em seus gastos.

Isto ele sempre foi, ele é muito mineiro nessas coisas de dinheiro.

Por isso fiquei preocupado. Deve ter acontecido algum imprevisto. Espero que ele não faça nada sem me consultar.

Com a pulga atrás da orelha

O mordomo de Alberto abre a porta, entra Sem, segurando uma garrafa de champanha. Entrega a garrafa ao criado e olha em volta.

E Alberto, ainda não chegou?

Já chegou e já saiu, senhor.

Saiu... tão cedo. Ainda não são sete horas..

Ele estava muito estranho, senhor Sem... Não que eu seja de andar espionando o patrão, mas ele entrou aqui, foi lá no estúdio e apanhou do cofre uma caixa de luíses de ouro que ele guardava sempre ali...

Eu sei, ele coleciona esses luíses... Quer dizer que ele apanhou a caixa e voltou a sair?

Exatamente, senhor.

Até logo, acho que sei onde encontrá-lo.

A filha de madame Angu

A estreita rua do bairro Pantin estava deserta e mal iluminada. Alberto estacionou o carro e entrou na casa de cômodos. Não agia furtivamente, mas com alguma pressa. E, ao entrar, notou que alguém estava se retirando do quarto onde deixara Naná aquela tarde. Era a silhueta de um homem, e Alberto esgueirou-se para trás da escada, deixando que o desconhecido passasse sem notar a sua presença. Talvez fosse o mesmo daquela noite no Maxim's, pois o desconhecido descia envolto num enorme cachecol que lhe escondia as feições.

Quando o homem desapareceu, Alberto subiu as escadas e bateu na porta do quarto. Dessa vez uma mulher, que aparentemente vestira rapidamente o robe que a cobria, abriu a porta.

O que deseja?

Mademoiselle Lantelme, por favor?

Aqui não mora ninguém com esse nome.

Não mora?

A mulher, jovem mas exteriorizando todos os sinais de sua profissão, bateu a porta na cara de Alberto. Ele ficou de pé, o nariz quase colado na porta fechada, sem saber o que fazer. Bateu novamente na porta, timidamente. A mulher, agora um pouco menos descabelada, abriu a porta.

Ainda está aí? Mas afinal, de que se trata?
Posso entrar?
Para quê?
É que... que... hoje à tarde estive com uma pessoa aqui...
Ah! que novidade... não me diga... E pensa que ela está aqui...
E não está mademoiselle Lantelme?
Aqui não tem nenhuma mademoiselle. E não vou atender mais ninguém hoje, estou exausta... Boa noite...
Um momento...

Alberto segurou a porta e com a outra mão exibiu uma moeda de 5 francos. A mulher avaliou Alberto e pegou a moeda que lhe era oferecida.

Estou esperando.
Aqui morava a mãe dela, uma senhora já idosa.
Aqui moro eu... mas passei a tarde fora...

A mulher pensa um instante, atira a moeda no bolso do robe e toma uma decisão.

Vai ver a maldita concierge está novamente usando o meu quarto quando eu saio. Venha comigo...

Os dois descem as escadas e vão ter à porta do quarto da concierge. A mulher bate com força na porta, berrando a plenos pulmões.

Abre, sua bruxa nojenta. Abre...

A porta foi aberta, e lá estava a velha que o atendera naquela tarde. Ao ver Alberto ela tenta fechar a porta, mas a mulher dá-lhe um empurrão e os dois entram no quarto.

Quem mandou usar meu quarto? Está pensando o quê?

A velha não sabia o que fazer, olhava pálida, temendo muito mais a possível reação violenta de Alberto que os insultos da mulher.

Onde está ela?

Eu não conheço ela... juro...

Responda!

Ela me deu 2 francos... eu não conheço ela, deixou o quarto logo que o senhor saiu...

A velha foi até uma mesa, abriu um livro seboso de anotações e dali retirou algumas moedas, entregando à inquilina.

Toma, é a metade...

A mulher apanhou as moedas e fuzilou com os olhos a velha. Alberto deixou as duas ali naquele quarto infecto e saiu.

Sopro no coração

Alberto passou a noite em claro, cheio de reações contraditórias, misturando irritação por se sentir logrado com momentos de euforia por se julgar mais esperto que Naná Lantelme. Chegou ao hangar muito abatido, os olhos injetados, e começou a trabalhar, sem dar muita atenção aos mecânicos. Por volta da hora do almoço, parecia ter se recuperado, e se dedicava à montagem de seu novo invento, o Nº 14, um mais-pesado-que-o-ar, tipo canard, de 10 metros de envergadura e 12 de comprimento. Ainda não estava totalmente concluído e sua estrutura era composta de uma série de caixas de hastes de pinho cobertas por tecido fino e estaiadas com corda de piano. Um motor Lavavasseur-Antoinette, de 24 HP, estava montado em sua traseira.

Logo depois do almoço, mandou que o aparelho fosse içado até ficar pendendo no meio do hangar, e decidiu fazer um teste de motor.

Os mecânicos ficaram tensos e perguntaram se o teste era realmente necessário. Alberto ignorou a pergunta e começou a atar uma das seis cordas que serviam para prender o aparelho quando o motor fosse ligado. Os mecânicos trataram de atar as cordas restantes. Quando o aparelho estava bem fixo, Alberto subiu e ligou o motor. Ouviu-se um ronco ensurdecedor e o aparelho estremeceu tentando se livrar das inúmeras cordas que o aprisionavam. Descontente, Alberto logo desligou o motor e desceu. Voisin apressou-se a vir falar com ele.

Eu não disse que não ia adiantar...

Como você pode saber se não adiantou?

Fácil! Precisamos testar os controles do aparelho, não a potência do motor. E com o aparelho amarrado como está, nada saberemos de sua estabilidade.

Você pensa que sabe muito, Voisin. Mas nessa matéria ninguém sabe de nada até provar na prática.

Mas é o que eu estou tentando dizer...

Então não diga, faça...

Os dois se encaminham para a mesa com os projetos e ali ficam, absorvidos. Os outros mecânicos olham com descrença para o aparelho que pende do teto como uma enorme e deformada pandorga. De repente Alberto explode com Voisin, recusando com violência os argumentos do jovem assistente.

Mas assim o aparelho ficará ingovernável, é suicídio, adverte Voisin.

Suicídio... você tem é medo, medo... eis uma coisa que eu nunca tive, medo. É assim que você quer vencer?

Mas patrão!

E não me chame de patrão.

Está bem... nós estamos cansados... eu quase não tenho dormido, são muitos os cálculos...

Se está cansado... pode ir para casa dormir...

Voisin aceita e retira-se.

Alberto põe-se debaixo do aparelho pendente e deixa-se ficar ali absorvido em sua contrariedade. Os outros mecânicos vão saindo em silêncio.

As ilusões perdidas

Alberto, cansado, está dormindo sobre a prancheta, em sua casa. Pela janela a luz baça do dia entra no estúdio em desordem. Sobre a prancheta, está um protótipo bizarro: o novo aparelho ligado a um convencional balão, um híbrido monstruoso.

Aparece Naná Lantelme, vestida discretamente, um véu sobre o rosto. Estanca ao perceber que Alberto dorme. Mas ele abre os olhos e quase salta da prancheta ao notar a presença dela.

Você?

Vim aqui agradecer a ajuda...

Para que aquela comédia toda?

Não lhe devo explicações, não lhe devo nada...

Ela faz meia-volta e vai saindo.

Na porta do estúdio, cruza com Sem que vem chegando.

Nem ao menos responde ao cumprimento que ele lhe faz.

Meu Deus, que temperamento...

Alberto, insone, os olhos injetados, barba por fazer, olha vazio para o amigo que acaba de chegar.

O que foi que aconteceu aqui?

Estou cansado, Sem... passei a noite trabalhando...

O que ela fazia aqui?

Quem?

Mademoiselle Lantelme! Quase passou por cima de mim...

Estou cansado, preciso dormir um pouco...

Não quero ser indiscreto, amigo, mas o que fazia Naná Lantelme aqui?

Ela esteve aqui, não esteve?

Sem olha assustado para o amigo.

Mas claro, o que é que há contigo, Alberto?

Pensei que estava delirando... De repente ela estava ali, na minha frente, dizendo coisas que eu não conseguia entender... então, num passe de mágica... estranho, ela se transformava em você, Sem... em você... bem aqui na minha frente...

Pena que as minhas metamorfoses não sejam tão fascinantes assim.

Ela esteve aqui mesmo, Sem?

Sim, estava aqui, quando eu cheguei... e saiu furiosa... O que está acontecendo, Alberto?

Não sei, não tenho certeza... essa mulher... você conhece ela?

Ela está fazendo o nome agora no teatro. É jovem, bonita...

Mas confunde o teatro com a vida, parece.

Alberto levanta-se da prancheta, estica o corpo e bate amistosamente nas costas de Sem. O francês se crispa todo.

Que mania essa de vocês, brasileiros, de dar tapinhas nas costas das pessoas! Aqui se faz isto quando uma pessoa está engasgada, e se há alguém engasgado nesta casa não sou eu...

Alberto ri e repete os tapinhas.

No Brasil nós gostamos de tocar nos amigos. Nós achamos a amizade uma coisa tão boa que sempre queremos nos certificar se os amigos são mesmo reais.

É uma forma estranhamente mística de ser materialista.

Alberto ouve o comentário de Sem e parece mergulhar em algum pensamento.

Sem, está acontecendo alguma coisa comigo...

Está? O quê?

Não sei explicar... é algo muito estranho, doloroso...

Doloroso? O que é que você quer dizer com isso?

Não é exatamente uma dor, você sabe. É uma coisa que eu nunca senti antes... como se algo houvesse se quebrado...

Seja lá o que tenha se quebrado, deve ter acontecido depois da partida de mademoiselle Aída?

Não sei, talvez você tenha razão. Mas está me atrapalhando, as coisas já não têm o mesmo significado. Pela primeira vez eu tenho dúvidas.

Isto é natural, Alberto. Não há motivo para ficar assim. Você está prestes a fazer algo completamente novo, e já não é mais um simples jovem impetuoso... Estamos amadurecendo, amigo.

Será isto amadurecimento? Eu julgava que o amadurecimento fosse uma espécie de placidez, de tranquila certeza...

Sem acende um cigarro e solta algumas baforadas.

Tranquila certeza! Placidez! Você nunca vai deixar de ser um ingênuo, Alberto. Amadurecer é uma coisa terrível... É como despertar de um pesadelo e descobrir que continuamos no pesadelo. O choque quase sempre é violento, nos deixa dilacerados no final, mas como o despertar é lento, a dor arrasta-se, aprofunda-se...

Essa dor, então, não passa nunca, não é?

Não, infelizmente, não. Mas você tem sorte, nasceu com o melhor dos paliativos: a ingenuidade. Jamais deixe que o ceticismo esgote a sua ingenuidade. Jamais...

Me diz uma coisa, Sem. Mas eu quero a verdade.

Sem encara o amigo com um misto de ironia e ternura.

Você me acha ingênuo por querer inventar uma maneira segura para o homem voar? É isso?

Não, não é por isso.

Será por que sou perseverante nas coisas em que eu acredito?

Você é ingênuo, Alberto, por acreditar que os homens vão amar essas máquinas pelo simples prazer de voar.

Alberto estremece ao ouvir o amigo.

Eu não sou nenhum idiota, Sem. Eu, de vez em quando, olho em torno de mim, e o que eu vejo não me agrada. Se você pensa que pretendo ofertar alguma coisa para o engrandecimento da humanidade, está redondamente enganado. Seria tolice da minha parte. Por melhor e mais inocente que fosse o meu legado, a humanidade arranjaria uma maneira de pervertê-lo. Você já esqueceu do uso que a imprensa sugeriu aos meus balões? Jogar bombas nos boers?

Então, para que todo esse esforço? Para quê? É absurdo!

É, é absurdo, tudo é absurdo quando visto aqui do chão. Mas lá de cima. Ah! lá de cima, Sem, tudo muda: os magnatas, os generais, os reis, todos viram formigas. Formigas! E na minha terra, Sem, se costuma dizer que formiga quando quer se perder, cria asa...

A máquina exigente

O Nº 14 estava trazendo novos desafios. Um aparelho mais-pesado-que-o-ar necessitava, além de motores potentes, de uma configuração que lhe desse o máximo de estabilidade. A opção pelo estilo canard, com asas e o motor atrás e o estabilizador na dianteira, ajudava o aparelho a sair com mais facilidade do solo, mas ainda apresentava muitos problemas de estabilidade. Por este motivo, Alberto tratava de estudar na prática a melhor maneira de controlar o aparelho.

Todos os dias ele mandava estender um arame no terreno do hangar, e ali pendurava o N° 14. Subia no aparelho, ligava o motor e ficava durante horas a enfrentar a rebeldia da máquina. Em certos momentos ela girava, em outros, apresentava a tendência para oscilações perigosas. Aos poucos ele foi desenvolvendo uma curiosa maneira de utilizar movimentos corporais para controlar o instável aparelho. Restava agora voar de verdade.

Um inventor desejante

Alberto continuava a pesquisar. Mal se dava conta das vitrines enfeitadas e do movimento das ruas para o Natal. Quando saía, era comum ser encontrado de bloco em punho, anotando coisas, ou mergulhado em profundos raciocínios. Certa tarde, quando caminhava em Montmartre, e observava um menino a empinar seu papagaio de papel, sentiu que alguém lhe tocava o ombro. Era Naná.

Você? E pelo visto, em excelente saúde, ele reagiu.

Nunca me senti tão bem na vida. Você é que está com uma cara pavorosa. Parece que não dorme há um mês...

Alberto passa a mão no rosto, como se tentasse consertar a expressão cansada e insone.

Vem, vamos tomar um grogue... Está frio...

Boa ideia... ali há um bistrô.

Não, em meu apartamento. Moro aqui perto...

Será que podemos? E o seu irmãozinho açougueiro?

Naná Lantelme começa a rir.

Você pensa que ele não existe?

Não sei, mas não gostaria de ter a desagradável experiência de saber a verdade...

Ela toma o braço de Alberto e o conduz para uma casa da rue Lepic.

O ninho do cuco

A casa não passa de um apartamento pequeno, quase um estúdio, exageradamente mobiliado e cheio de tapetes.

Naná abre a porta com uma certa dificuldade e age como se aquele ambiente lhe fosse pouco familiar.

Bom, vou preparar a bebida, deixa ver...

Alberto investiga o ambiente, caminhando de um lado para outro. Lantelme desapareceu na cozinha e por isto ele ousou entrar no quarto de dormir. O apartamento está em perfeita ordem, nada aparentemente fora de lugar, como se não fosse habitado. No quarto, Alberto mexe nos objetos que estão sobre um austero toucador, e põe os olhos num guarda-roupa. A porta não está trancada e ele abre. Como ele esperava, ali não há roupas femininas, mas algumas poucas roupas de homem, por certo o proprietário que por alguma razão pouco usava o apartamento. Segurando dois copos de bebida, Naná surpreende Alberto examinando o guarda-roupa.

Essas roupas aqui, por certo, são do jovem carniceiro?

Lantelme joga um dos copos contra Alberto. Ele desvia-se com agilidade e o copo vai espatifar-se na parede.

Antes que ela atire o outro copo, Alberto avança e segura-lhe os pulsos com energia. Ela debate-se, grita em alto e bom som que o odeia, finalmente acertando-lhe um chute na canela. Pulando de dor, tentando aliviar a perna machucada com massagens, Alberto não consegue nem falar. Lantelme abre a porta e expulsa um Alberto manco e estupefato.

Ritos do inverno

Do lado de fora, Alberto afasta-se claudicando. Atravessa a rua e, da outra calçada, volta a olhar mais uma vez para as janelas do apartamento. Fica ali apenas por alguns segundos e logo entra no bistrô que fica quase em frente da casa. Senta-se, solta um suspiro e acaricia a perna dolorida. Pede uma bebida e sorve pequenos goles, sem tirar os olhos da janela. As horas passam, e, então, um homem aparece. É forte, tem barbas espessas e bigodes. Entra na casa sem a menor hesitação e a curiosidade de Alberto aumenta. Logo ele pode ver que os dois conversam na janela, a silhueta dos dois bem visível através da cortina de voile. A frustração de Alberto aumenta quando os dois se beijam e desaparecem na escuridão da luz que se apaga. Bebe de um só gole o que resta da bebida, joga uma moeda na mesa e sai, mancando.

Promessas de ano-novo

Sublimando a frustração, Alberto reúne os amigos para a passagem do ano-novo. Vai começar 1906. O hangar de Neuilly, decorado por madame Prado, recebe toda Paris. Cristina Penteado, mascarada, persegue Voisin. Pronto para um bom escândalo, Sem aparece acompanhado por uma anã em trajes sumários.

Champanhas espocam em profusão. Alberto, no entanto, está arredio, bebericando uma taça de champanha e escapando do assédio das admiradoras. Como elas são insistentes, ele escapa para a sala de projetos. Começa a remexer as coisas, os papéis, até que nota uma caixa de madeira guardada entre objetos pessoais de Voisin. Abre a caixa e lá dentro estão uma barba e bigodes postiços. A mesma barba e os mesmos bigodes que ele já vira no rosto do homem que entrara na casa da rue Lepic. Guarda imediatamente o achado e retorna para a festa, no momento em que Archdeacon e uma comitiva de aeronautas estão chegando. Alberto os recebe com cordialidade.

É uma grande honra, caro Archdeacon.

Estamos aqui para desejar a você um feliz ano-novo, Alberto.

Muito obrigado, caro amigo. Mas vamos fazer um brinde aos nossos futuros progressos.

Taças são erguidas e augúrios são pronunciados.

Soubemos que você se prepara para empreender um voo de aeroplano.

Com a ajuda de Gabriel Voisin.

Uma ajuda insignificante da minha parte.

Ele é tão modesto que me comove.

Não é modéstia, apenas reconheço as minhas limitações.

Mas que rapaz bem formado!

Faço o que posso.

Às vezes um pouco mais, não é Voisin?

Não sei o que o senhor quer dizer com isso.

Archdeacon, um tanto desconcertado, intervém.

Meu caro Alberto, estamos aqui trazendo uma grande notícia para você. Achamos que deveria ser você o primeiro a saber, antes que a imprensa anuncie amanhã.

Estou muito honrado.

Este seu modesto amigo decidiu oferecer um prêmio de 3.000 francos para o aeronauta que conseguir voar 25 metros com um mais-pesado-que-o-ar.

Vinte e cinco metros?

Não esqueça que o Aeroclube já oferece um prêmio de 1.500 francos para quem voar 100 metros.

Antônio Prado, que ouvira atentamente a notícia, ergue um brinde.

Ao vencedor!

Um brinde para Archdeacon!

Um brinde para Petitsantôs.

Todos bebem, animados, menos Alberto que apenas simula tomar o champanha e perde-se em seus pensamentos. O novo prêmio era mais um desafio, mas subir num mais-pesado-que-o-ar não seria fácil. A controvertida concepção do N° 14 impunha desafios suplementares. Mas Alberto não recuaria, sabia que o caminho era aquele, sua intuição nunca falhava. Eles ainda veriam o N° 14 voar.

A máquina cubista

Um cortejo de gente a pé, ciclistas e carros, segue pelo amplo Bld. de la Saussaye, na direção do campo da Bagatelle, acompanhando o N° 14 que vai sendo levado numa carreta cuidadosamente rebocada pelo Roadstar. No meio das cabeças, ao volante, Petitsantôs não cansa de dar autógrafos.

A máquina cubista na pista

O campo de Bagatelle lotou de curiosos. Uma massa ruidosa cerca o Nº 14, posicionado na ponta da pista de grama, ainda recebendo os últimos cuidados dos mecânicos. Petitsantôs já abandonou os amigos ilustres e assumiu o seu posto, demonstrando tranquilidade. Os mecânicos concluem o trabalho e, sob as ordens de Archdeacon, um grupo de homens afasta aqueles mais curiosos que não se contentaram em observar de longe.

Os mecânicos dão a partida no motor e o Nº 14 trepida, começando a deslizar para o sul da campina. Fiscais do Aeroclube correm a uma prudente distância do aparelho. O Nº 14 ganha velocidade e parece querer sair do chão. Os fiscais do Aeroclube atiram-se na grama para ver se as rodas decolaram. Mas Alberto desliga o motor. Os mecânicos correm, seguidos pela multidão, e querem saber o que aconteceu.

O motor, não estou conseguindo dar toda a potência.

E o equilíbrio? Está bem?

É muito instável, se levantar voo não vai ser fácil controlar.

Quer parar por hoje?

Não, continuemos, diz Alberto, desembarcando do Nº 14.

Os mecânicos examinam o motor e toda a aeronave, sob o olhar vigilante de Alberto. Depois de algum tempo, dão o aparelho como pronto.

Vamos rebocar para o ponto de partida.

Todos começam a empurrar o Nº 14.

Aparentemente calmo, mas um tanto pálido, Alberto volta ao seu posto. O motor é ligado e o Nº 14 ganha velocidade. Os homens do Aeroclube se põem a correr. Com segurança, Alberto gira o profundor e o aeroplano sobe alguns centímetros. Alberto assusta-se, arregala os olhos e abre a boca, sente um frio no estômago e sabe que escapou da terra. Os homens do Aeroclube se jogam ao chão, constatando que as rodas realmente deixaram o solo. Mas o comando seguinte não é feito com a necessária presteza, e o avião estremece e estola, caindo com força sobre o gramado. O trem de pouso rompe-se e o Nº 14 escorrega de barriga, por entre uma chuva de fragmentos de hélice despedaçada. Alberto para o motor e escapa. Quando o aparelho finalmente estanca, todos estão em silêncio, até que os homens do Aeroclube se levantam, atiram para o ar os chapéus e começam a dar gritos de entusiasmo.

Voisin corre para perto de Alberto.

Saiu do chão, maravilhoso, Alberto.

Nem tanto, foi apenas um salto, diz Alberto, visivelmente decepcionado.

Ele funciona, grita Voisin. É feio mas funciona.

Precisamos regular a resposta do profundor para que ele siga mais rapidamente o comando do piloto.

E o controle vertical?

Ao longo do eixo longitudinal está muito sensível.

E o que fazemos, agora?

Vamos aperfeiçoar o Nº 14. Hoje ele deu não mais que um salto, mas aprendi muito com esse salto. Faremos agora o 14-Bis, para vencer.

Bastidores e boca de cena

Naná Lantelme está voltando tarde para casa. Cansada, quase dormindo, ela abre a porta do apartamento. Antes que consiga entrar, um homem barbado corta-lhe o caminho. Assustada, tenta escapar, mas o homem a impede. Por alguns segundos, fica ali, muda, estática; então, como se reconhecesse o homem, desata numa sonora gargalhada.

Ora, você acha que isto é um disfarce, Alberto?

Desapontado, Alberto arranca a barba e os bigodes postiços.

Como me reconheceu?

Ela quase desaba de tanto rir.

Como? Pelas botinas com plataforma... Só você usa uma coisa dessas aqui em Paris.

E você conseguiu ver minhas botinas nessa escuridão?

Com o barulho que elas fazem...

É, mas no princípio você pensou que era alguém.

Alguém?

Alguém que usa essa barba e esses bigodes postiços.

Olha, Alberto, eu tive uma noite cansativa de ensaio, estou louca de sono. Outro dia a gente fala, sim?

Mas por que ele?

Ele quem?

Voisin.

Nem sei quem é.

Gabriel Voisin, meu assistente.

Você está ficando maluco, Alberto?

Essas coisas aqui, encontrei entre os pertences dele.

Ele também faz teatro?

Não seja ridícula... por quê? Por que, Naná?

Ela estende a mão e acaricia-lhe o rosto. Alberto beija-lhe a mão.

Você é como uma criança, Alberto... Boa noite...

E entra no apartamento, trancando a porta. Frustrado, Alberto livra-se dos adereços, atirando-os ao pé da porta.

Max Linder detetive I

O 14-Bis está sendo montado com todo o cuidado. Alberto praticamente se mudou para Neuilly, dormindo as poucas horas de sono numa cama improvisada com peças de algodão. Isto quer dizer que os mecânicos estão presos no hangar, trabalhando quase sem folga, num ambiente que aos poucos vai ficando tenso.

No terceiro dia, Voisin pede para sair.

Sair, agora?

Um assunto pessoal urgente, gostaria de contar com a sua compreensão.

Está bem, concorda secamente Alberto.

Obrigado, descontarei as horas perdidas hoje à noite.

Voisin põe o chapéu e parte. Alberto e os mecânicos observam a sua saída. Uma lufada de vento entra no hangar quando a porta é aberta e logo fechada. Chapin e Dazon desandam a resmungar.

Rapaz misterioso, esse Voisin. Muito arrogante...

Alberto, sem ligar para os comentários, lava as mãos, põe o paletó.

Também vou sair.

Vai sair?

Um assunto pessoal urgente, vocês compreendem...

Tome cuidado, Petitsantôs. Quer ajuda?

Não, amigos. É algo que devo fazer sozinho.

Entendo!

Alberto despede-se acenando com o chapéu.

Max Linder detetive II

Voisin desce de uma carruagem, paga o cocheiro e corre para uma entrada de metrô. O trem chega, e sem perceber que Alberto o segue, ele embarca. O improvisado detetive toma o vagão seguinte e não perde de vista o jovem mecânico. O metrô segue para um subúrbio distante.

Max Linder detetive III

Despreocupado, Voisin desembarca em Galliéni, subindo apressado as escadas da estação. Morrendo de ansiedade, Alberto vai atrás, para ver o mecânico dobrar uma esquina. Corre e percebe que Voisin desapareceu. Irritado, se põe a observar a rua. É uma zona industrial decadente e de ambos os lados da calçada há enormes prédios de antigas fábricas. Um deles está em ruínas, mas o outro ainda parece em uso. Operários entram e saem por uma grande porta, carregando vigas de madeira. Sem outra coisa para fazer, se mistura com os operários e entra na fábrica. Para sua surpresa, no meio de amplo espaço coberto, um complicado avião biplano está sendo construído e Voisin não veio ao encontro de Naná Lantelme. O mecânico conversa tranquilamente com seu velho conhecido de bigodes espessos, Louis Blériot, do Aeroclube.

Petitsantôs, quanta honra!

Um tanto em estado de choque. Alberto estende a mão para Blériot. O jovem Voisin aproxima-se, sorrindo, mas sem perder a altivez.

Não quero que você entenda mal, meu caro Alberto.

Entender mal? Só porque Voisin está trabalhando para você? Ora, meu amigo, eu nunca me preocupei em guardar segredo sobre os meus inventos. Como é do conhecimento geral, meus inventos são de domínio público, jamais foram patenteados...

O que você acha do nosso aeroplano?

Os três aproximam-se do aparelho. Alberto olha com atenção.

E então?

E então? O que eu poderia dizer? Espero que ele voe...

Ele voará, e esteticamente é muito bonito.

Questão de gosto

Para consternação de Alberto, todos achavam o 14-Bis um avião muito feio. Suas linhas quadradas despertavam repulsa no gosto das pessoas, todas acostumadas às linhas sinuosas do art-nouveau. Até mesmo Cristina Penteado, que adorava contrariar a maioria, parecia achar um horror o avião.

Ora, querido, você não espera que a beleza tenha alguma coisa a ver com máquinas voadoras, argumentava Cristina Penteado.

Mas Alberto não se conformava. Alguma coisa lhe dizia que naquelas linhas retas havia algo de novo, uma estética avançada demais para ser entendida.

Lindo é esse diamante que você está usando na gravata, dizia Cristina.

Você gosta? Comprei outro dia, meu amigo Cartier tinha acabado de receber da África do Sul.

Outra coisa que inquietava era a fragilidade do 14-Bis. Antônio Prado ficava horas olhando o aparelho. E comentava: Você terá mesmo coragem?

Sim, ele teria. O 14-Bis logo estaria voando, todos veriam. A data, por sugestão de Sem, já estava escolhida. 23 de outubro, um domingo. Alberto esperava nada menos que uma multidão para testemunhar o acontecimento.

O fazendeiro no ar

Tarde de inverno, um vento frio e úmido sopra no campo de Bagatelle. Uma multidão, onde os amigos de Alberto se misturam, observa o 14-Bis. A direção do Aeroclube de Paris, sob o comando de Archdeacon, está presente. Os mecânicos dão os últimos retoques no avião. Calmo, Alberto conversa animadamente com Sem e Antônio Prado. Voisin, nervoso, se aproxima.

A velocidade do vento está aumentando!

Fica tranquilo, rapaz.

Pode ser perigoso...

O 14-Bis não é um balão, nem um planador...

Chapin acerca-se de Alberto.

O aparelho está pronto.

Vamos subir.

Alberto sorri para os amigos e recebe um beijo de Cristina Penteado. Passa por Archdeacon e dá-lhe tapinhas na barriga. Archdeacon encolhe-se todo, desconcertado.

Vou voar, agora.

São cinco para as quatro.

No meu são quatro horas.

Vou mandar os observadores ficarem a postos.

Alberto dirige-se para o 14-Bis, abrindo espaço entre a multidão, enquanto Archdeacon ordena aos observadores do Aeroclube que fiquem a postos. Subindo no 14-Bis, Alberto faz sinal para Chapin dar a partida no motor. A multidão, atraída pelo ruído, aproximou-se do avião.

Afastem-se... preciso de espaço...

O 14-Bis movimenta-se e a multidão afasta-se, alguns correndo. O aparelho toma velocidade e as pessoas prendem a respiração. Quando o 14-Bis já tinha percorrido quase a metade do campo, Alberto gira o comando para trás.

O comprimido nariz ergue-se com delicadeza e os observadores do Aeroclube, que corriam ao lado do aparelho, jogam-se sobre a grama molhada. Mas as duas frágeis rodas de bicicleta já não estão no chão, e eles gritam, maravilhados.

Subiu, subiu dez centímetros.

Subiu vinte centímetros.

Agora está a trinta centímetros.

Já está a cinquenta centímetros...

Mais de um metro, e está subindo, incrível, está voando.

O contorno branco e elegante do aparelho toma as alturas e começa a descrever uma delicada curva para a esquerda.

Incrível, está voando...

Meu Deus, ele conseguiu.

Olha, olha, que coisa linda...

Maravilhoso, maravilhoso...

Mas o 14-Bis logo começa a perder velocidade, iniciando uma brusca descida. As pessoas abrem a boca e há uma tensa expectativa. O 14-Bis, já com o motor desligado, faz uma aterrissagem brusca e as rodas são arrancadas, mas o avião para, sem maiores avarias. Cai um silêncio onde apenas as respirações são ouvidas, até que Chapin dá um salto de alegria.

Viva Santos Dumont!

Todos gritam de alegria e correm para o avião estacionado. Na frente, esforçando-se para manter uma vantagem sobre a multidão, corre Archdeacon e seus observadores. Logo atrás, Voisin e Blériot também correm.

Alberto, ainda a bordo do 14-Bis, vê Archdeacon aproximar-se.

Ganhei, ganhei o prêmio!

Não resta a menor dúvida, Alberto. O prêmio Archdeacon você ganhou. Por que parou tão cedo? Podia ganhar o do Aeroclube.

Eu perdi a proa...

A multidão finalmente cerca o aparelho e vira uma grande festa. Garrafas de champanha são abertas e Alberto é carregado em triunfo.

Afastados das comemorações, estão Voisin e Blériot.

Isto é injusto, Blériot, você entende muito mais que ele de aerodinâmica.

E você, que conhece dez vezes mais engenharia que ele?

Essa monstruosidade nem merece o nome de aeroplano.

Ele montou a hélice para ação direta, e eu nunca acreditei nisso.

Também, com esse motor de 50 cavalos eu seria capaz de fazer um piano de cauda voar...

Chapin, meio sujo de graxa, percebe os dois que estão destacados da multidão festiva.

Vocês viram, é um momento histórico. Com Petitsantôs o homem conquistou o espaço.

Parece que uns americanos já voaram antes.

Chapin olha com desprezo para Blériot.

Talvez tenham voado, Blériot, mas se há um americano que realmente voou perante os olhos da multidão, esse americano é Alberto Santos Dumont...

A máquina cubista voou

"L'Homme a Conquis l'Air".
"Une Minute Mémorable dans l'Histoire de la Navigation Aérienne."

Pathé Baby

No dia seguinte, Alberto não para. Reúne os mecânicos em sua casa, oferece bebidas e canapés, chama alguns amigos mais chegados, e mostra-lhes os jornais europeus que estampam o acontecimento. Com um projetor Pathé ele passa sobre uma tela improvisada as filmagens do voo captadas por um cinegrafista. Mostra aos mecânicos como o 14-Bis se comporta, como aderna, como o voo no campo de Bagatelle não foi um simples salto de gafanhoto.

Preciso fazer alguma coisa, Voisin. Alguma forma de controle lateral.

Claro, algo que estabilize o aparelho.

Observem, observem como no final ele trepida.

A projeção chega ao fim.

Passa de novo.

O operador rebobina e põe o filme no projetor, iniciando nova projeção.

Voisin, observa isto...

Voisin vem para perto da tela, puxado por Alberto.

Olha só como aderna. Foi assim da primeira vez.

Falta alguma coisa para manter o equilíbrio.

Você lembra daquele planador, o Esnault-Pelterie?

Aquele experimentado em 1904?

Exatamente... Aquele planador tinha um curioso sistema de estabilização nas asas. Quando adernava, podia voltar à posição correta...

Podemos experimentar. Talvez colocando algo semelhante nas asas do 14-Bis.

Algo que eu possa governar, que faça esforço na extremidade das asas.

Vou pensar nisso...

Mas não esqueça que a ideia deve ser primeiro testada no 14-Bis!

Claro, claro.

Max Linder aviador

Iguarias atravessam o salão, conduzidas por enluvados criados.

Aeroclube. Todos os aeronautas estão reunidos para um almoço em honra a Alberto. Algumas figuras da sociedade também comparecem. Alberto, meio ausente, está sentado na cabeceira da enorme mesa. Atarefados garçons servem o banquete. Petitsantôs recebe a total atenção das madames.

Espero que agora ele volte a aceitar nossos convites.

As nossas reuniões não são as mesmas sem ele.

Estou tão feliz com o sucesso dele.

Imagine que eu fui obrigada a desistir de dar uma festa para celebrar a despedida do verão, só porque Alberto não aceitou o meu convite.

Ao lado de Alberto, Archdeacon degusta uma taça de champanha.

Pensando na vitória?

Alberto não parece ter ouvido, mas Archdeacon insiste.

Alberto, baixa um pouco aqui na terra!

Desculpe... o que é que você falava?

Perguntei se estava pensando na vitória?

Não, estou pensando no prêmio do Aeroclube.

Nos 100 metros? Você sabe que Blériot vai fazer uma tentativa depois de amanhã?

Engraçado, eu também.

E Petitsantôs dá um tapa carinhoso no ombro de Archdeacon.

Atônito, o presidente do Aeroclube limita-se a exclamar:

Você é mesmo o diabo!

A máquina cubista bate um recorde

Nem parece inverno. O dia está ensolarado no campo da Bagatelle. Uma pequena multidão observa os dois aparelhos que vão tentar vencer o prêmio do Aeroclube. O avião de Blériot é o mesmo biplano que Alberto já conhecia. Ao lado, o 14-Bis restaurado e com algumas modificações, especialmente a presença dos ailerons nas extremidades das asas. Archdeacon, emocionado, está conversando com Alberto e Blériot.

Vai ser uma tarde e tanto... Quer dizer que você instalou um motor Antoinette, Blériot?

De 50 cavalos... já disse que com um motor assim posso fazer um piano de cauda levantar voo.

Ora, mas o problema não é levantar voo, o problema é controlar o aparelho. Você vai ver, se levantar voo...

Quem começa?

Gostaria de tentar, Blériot? — Petitsantôs oferece.

Por que não?!

Então Blériot começa...

A uma ordem de Archdeacon, os observadores trazem um enorme carro Mors onde ele embarca. Alberto aperta a mão de Blériot e vai sentar-se em cadeiras de lona com os amigos fiéis. Blériot sobe no aparelho e os mecânicos dão a partida no motor. Voisin anda de um lado para outro, excitado.

O biplano, bem maior que o 14-Bis, começa a trepidar, largando fumaça. Os mecânicos saem de perto e a multidão para, expectante. Começa a corrida e Alberto levanta-se da cadeira, tenso. O biplano faz muito ruído e as duas asas sacodem na proporção em que a velocidade aumenta. Mas o avião não se desprende do chão, ao contrário, começa a se despedaçar, desmontando-se quase todo. Archdeacon é o primeiro a alcançar os destroços e a ajudar a retirada de Blériot, ligeiramente ferido. Voisin olha para Alberto, nota que o pioneiro está triste, sentindo a perda do outro aeronauta.

Alguma coisa deu errada.

Alberto nada responde e Archdeacon está chegando no Mors, trazendo o ferido Blériot. Ele sofreu apenas algumas escoriações e teve as roupas rasgadas. Alberto corre ao encontro do carro. Ao ver Alberto, Blériot acena, levantando o polegar.

Estou bem, Alberto.

Mas não está ferido?

Bobagem! Acabo de descobrir que talvez fosse mais prático ter voado num piano de cauda...

Todos riem.

Graças a Deus não está ferido.

Alberto, se você quiser tentar agora.

Alberto consulta o relógio, são quatro e meia da tarde. O dia está tranquilo, com uma brisa suave soprando naquele fim de tarde invernal.

Vou tentar...

Petitsantôs vai tentar!

Alberto sobe e se põe de pé na cestinha do 14-Bis. O motor começa a gemer e depois a roncar forte. Fotógrafos e cinegrafistas prepararam suas câmeras e Archdeacon senta-se no Mors, esperando a partida.

Quando o 14-Bis parte, todos parecem se pôr na ponta dos pés, excitados. O 14-Bis começa a correr sobre a grama molhada, seguido pelo Mors. Então, a silhueta alva do avião ganha uma leveza ainda maior.

Está subindo, a multidão solta exclamações de espanto.

Rapidamente o 14-Bis ganha altura, atinge quatro metros.

Em sua cestinha, Alberto executa uma dança ágil, bem concatenada, conduzindo o avião. Olha para baixo e vê o campo ser rapidamente ocupado pela multidão excitada. Lá embaixo o Mors desvia-se das pessoas que correm pelo gramado. Num gesto preciso, ele faz o avião descrever uma curva, o 14-Bis balança suave as asas de um lado para outro, e volta, na direção onde o campo está mais vazio de gente.

A multidão percebe a manobra do avião e retorna, mas o 14-Bis já está iniciando a descida. Suavemente aproxima-se do chão, até tocar com uma certa brusquidão, que mais uma vez lhe arranca as rodas. Mas o pouso se processa sem outra violência. O 14-Bis estaciona a alguns metros de um maciço de árvores desfolhadas. O sol começava a se pôr. Archdeacon avança em seu Mors, na frente da multidão que corre, alegre, vibrante.

Duzentos e vinte metros! Ele voou duzentos e vinte metros...

No meio da multidão, Voisin e Blériot comemoram, aplaudindo e gritando.

Ele conseguiu, duzentos e vinte metros...

Alberto sente um nó na garganta, está emocionado mas não quer que ninguém perceba o seu estado. Sente vergonha de mostrar emoção. Ele deve ser sempre o duro, o objetivo, jamais um sentimental. Limpa rapidamente os olhos que estão cheios de lágrimas e sorri como Petitsantôs.

Em torno dele os amigos deixam extravasar a alegria. Naquele momento, centenas de malucos solitários estavam inventando o avião em muitos países. Petitsantôs era um magnífico representante dessa raça de malucos.

Os repórteres não tardam a cercar Petitsantôs.

Uma declaração para o *Illustrated London News*!

... guiar o aparelho é meia batalha. Este é justamente o setor que está sendo alvo de minhas atenções...

E qual é a sensação que se sente ao voar?

O que posso dizer? Ainda estou fazendo o meu aprendizado na profissão de pássaro.

Métier d'Oiseau

O capitão Ferber passou o dia visitando as redações dos jornais e das revistas parisienses. Levava um artigo assinado por Octave Chanute, onde o professor afirmava que em Kill Devil Hill, ao sul de Kitty Hawk, na presença de cinco lavradores, os irmãos Wright tinham voado num mais-pesado-que-o-ar.

Corria o ano de 1903.

Parte IV

A demoiselle de Dumont-Daedalus
ou
A vitória do dr. Bacamarte
(1907-1932)

*"Não foi Chesterton quem escreveu
que o avião faz encolher o mundo
e que o microscópio o engrandece."*

PAUL MORAND

Tecnologia de ponta I

De vez em quando o Brasil se confunde com uma pessoa. Nos campos da Suécia um negrinho mineiro se transformou no Brasil. Até mesmo um garçom de Hanói passou a saber quem é Pelé. E sabendo de Pelé, pensava saber do Brasil. Antes dele, uma cachopa elétrica encarnou o Brasil. Até mesmo um lavrador do Alabama sabia quem era Carmen Miranda. E sabendo dela, pensava que sabia do Brasil. Antes dela, um moreno rapaz de Minas representou o Brasil. Até mesmo um escriturário de Zanzibar sabia quem era Santos Dumont. E sabendo de Santos Dumont, pensava que sabia do Brasil.

Neste século o Brasil, então, foi um atleta, uma cantora e um aviador.

Três magistrais inventores: dois mineiros e uma portuguesa.

O atleta fez sua fama usando chuteiras.

A cantora e o aviador usavam sapatos de plataforma.

Tecnologia de ponta II

Para manter o precário equilíbrio do 14-Bis era preciso saber fazer finta, driblar e sambar. Cada subida de Petitsantôs era um espetáculo coreográfico que encantava as multidões e impressionava os outros pioneiros.

Os braços eram frenéticos: como os braços de Carmen Miranda sob a inspiração de Busby Berkeley.

O corpo anunciava a flexível malícia de Pelé.

Tecnologia de ponta III

Pelé foi contratado como relações-públicas de uma multinacional.

Carmen Miranda foi parar em Hollywood com a cabeça cheia de bananas.

Santos Dumont virou um aeroporto de voos domésticos no Rio de Janeiro.

Notícias urgentes

Kitty Hawk, October 1906.

Dear Mr. Ferber.

Sobre os experimentos do sr. Santos Dumont, é verdade que o avião denominado 14-Bis tem rodas? Rodas num avião? Que coisa mais excêntrica!

Eu e meu irmão sempre iniciamos o voo de modo mais prático, graças a um pilone de lançamento. E não usamos rodas.

Wilbur Wright.

Resposta

Paris, novembro de 1906.
Dear Mr. Wright.
Os nossos aviões, criados por inventores europeus, são incomparavelmente mais belos e harmoniosos que o 14-Bis do sr. Santos Dumont. Pena que não levantem voo.
Capitão Ferber.

Literary Digest

"As primeiras experiências realizadas com sucesso por um aeroplano, e que o público pôde ver livremente, tiveram lugar em Paris a 15 de setembro passado. As experiências dos irmãos Wright neste país foram muito mais extensas e bem-sucedidas, mas delas não pôde o público observar quaisquer detalhes."

La Nature

"La journée du 13 Septembre 1906 sera désormais historique, car, pour la première fois, un homme s'est élevé dans l'air par ses propres moyens."*

---

*"O dia 13 de Setembro de 1906 marcará uma jornada histórica, porque, pela primeira vez, um homem se elevou no ar por seus próprios meios."

Smithsonian Institution

"The Wright brothers were indeed the first to make a sustained flight in a heavier-than-air-machine."*

Oiseau de Proie

A 22 de maio de 1906 os irmãos Wright obtiveram uma patente de avião com motor.

O espetáculo continua

Madame Prado Jr. quer voar. Trajando delicioso tailleur azul grumete, elegantes botas claras de excursionista e um pequeno chapéu de palha "arquiduquesa" artisticamente envolvido em amplo véu, ela sobe no balão "Lutéce".
O marido, ciclista afamado e craque do nobre esporte bretão, presidente do Esporte Clube Paulistano, aguarda nervoso.
Madame é a primeira brasileira a voar.

Do chão ninguém passa

Petitsantôs acreditava no futuro dos aeroplanos — lembrava Chapin, alguns anos depois. — Eram mais baratos que os dirigíveis e muito

---

*"De fato os irmãos Wright foram os primeiros a realizar um voo autossustentado num mais-pesado-que-o-ar."

mais simples de construir. O N° 15, por exemplo, foi inteiramente montado em seis semanas e custou mais barato que um automóvel. O N° 15 era um biplano de linhas complexas, e Petitsantôs tentou o primeiro voo experimental em St. Cyr. Infelizmente o aparelho ficou totalmente danificado nessa primeira tentativa.

E o tempo corre

O ano de 1907 começava. Petitsantôs projeta e constrói o N° 16, meio balão e meio aeroplano. Voisin considera o experimento um retrocesso e o desentendimento chega ao seu limite. Quando a tentativa de voo do N° 16 torna-se um fiasco, Petitsantôs acusa Voisin de sabotagem e põe o técnico na rua. Voisin chama o irmão mais novo e abre uma fábrica de aviões em Bilancour.

Ciranda aérea

O N° 17 é um biplano. Faz várias corridas no campo de St. Cyr e se desmantela completamente. Petitsantôs salta fora, ileso, limpando as roupas engomadas. Comentário do velho ás da aviação: Não tem perigo. Guiar em terra proporciona muito mais oportunidades de acidentes que no ar. Pelo menos lá em cima o risco de colisão é mínimo.

Os amigos pediram chá de flor de laranjeira para Petitsantôs.

Balé fluvial

Monsieur Pedrô Guimarães arregaça as mangas e atira-se nas águas geladas do Sena. Nada com vigorosas braçadas em direção à geringonça que afunda rapidamente, levando para o fundo Petitsantôs. A geringonça é o N° 18, um extravagante hidroavião com vocação de submarino. Petitsantôs escapa.

A máquina extraviada

As asas são quase transparentes e o avião parece um inofensivo inseto. O motor Anttoinette começa a zumbir, aumentando a semelhança. E o N° 19 levanta voo, sobe dez metros e desaba. Em meio aos destroços. Petitsantôs está inconsciente, sangrando. Os mecânicos acodem e levam o ferido para o hospital. Quando recobra os sentidos, Petitsantôs tem a clara sensação de que o desastre se deve às notas de cinquenta francos que levava no bolso.

Hibernando

Isolado no estúdio, Alberto não se cansa de examinar os ferimentos, como se lhe fosse difícil acreditar que tivesse sofrido um acidente tão grave. Mas a verdade é que o N° 19 falhara, levando por terra um dos seus mais dispendiosos projetos. A primeira reação foi largar tudo. Mandou que os empregados retirassem todos os protótipos que estavam no estúdio e pessoalmente empacotou os projetos numa grande mala de zinco.

Um amigo cada vez mais difícil

Durante uma semana Alberto não pisou fora de casa. Comia e dormia no estúdio e tinha como principal diversão destemperar-se com a criadagem. Parecia mergulhar cada vez mais numa depressão sem retorno. Nos primeiros três dias, nem mesmo Antônio Prado conseguiu arrancar-lhe uma palavra. Duas vezes Pedro Guimarães apareceu e saiu sem falar com o amigo, porque Alberto fingiu que dormia. Mademoiselle Penteado conseguira tomar chá e conversar amenidades com ele, mas tivera seu convite para passar algumas semanas em Berlim rechaçado por Alberto. O velho Sem, que passava todos os dias para saber do amigo, insistia pelo menos que ele se alimentasse corretamente. O mordomo informava que o patrão estava sem apetite e voltara ao horrível costume brasileiro de tomar cafezinho após as refeições.

O amigo do peito

Quase cortamos as relações em 1907 — lembrava Sem, mais tarde. — Alberto estava exageradamente excêntrico. Trancava-se no estúdio e não recebia ninguém. Quando saía, passava horas e horas a jogar cartas, sem dizer uma palavra. Depois, sumiu de Paris. Ninguém sabia dizer para onde tinha ido, até que descobri o seu paradeiro. Estava em Nice, disputando corridas de hydroglisseur no mar, ao lado do conde de Lambert. Enquanto ele se divertia, os outros tratavam de transformar a aviação numa indústria. Alberto perdeu um tempo precioso naquele ano e jamais se recuperou.

A marcha da história

Pirquet descobre um método de diagnosticar a tuberculose e desfecha um golpe mortal nos poetas tísicos. Gabriel Voisin, que nada tinha de tísico, começa a fabricar o biplano Voisin, aceitando encomendas da Áustria, Itália, Rússia, Suécia e Argentina.

Voisin entra o ano de 1908 como um próspero industrial.

Um encontro inesperado

Petitsantôs continua a viver de rendas no ano de 1908.

Grupos de manifestantes rivais entram em choque logo à entrada do metrô Étoile. Da janela de sua casa, Alberto observa a confusão. A polícia, a cavalo e a pé, não tarda a aparecer. A confusão generaliza-se e alguns manifestantes tentam escapar da prisão, correndo através do Arco do Triunfo, em direção à rue Washington. A polícia não dá trégua e persegue os manifestantes. Uma carruagem é tombada no meio da rua, e chuvas de pedras caem sobre a polícia. No meio dos manifestantes que tentam escapar da polícia. Alberto nota um rosto conhecido. Corre para baixo, até a porta da rua. E, para seu espanto, percebe que não se enganara, é Naná Lantelme.

Instintivamente Alberto agarra o braço de Lantelme quando ela passa pela frente de sua casa. De início, julgando ter sido agarrada por algum policial, ela reage, mas Alberto a arrasta para dentro de casa e bate a porta.

Naná encosta-se na parede, ofegando, assustada.

Pensei... que... estava sendo... presa!

E eu pensei que estivesse vendo uma miragem.

Miragem?

Sim, você, no meio dos ativistas. Logo você!

Logo eu, por quê? Eu não nasci rica, não recebi nenhuma herança...

E agora deixou o palco para lutar na rua.

Você não me entenderia.

Que tal tentar me explicar?

Explicar o quê? O que é que precisa de explicação?

Alguém bate com força várias vezes na porta. Lantelme assusta-se e agarra Alberto.

Deve ser a polícia, acho que nos viram entrar aqui.

Alberto leva Naná Lantelme para outra dependência da casa e manda o mordomo atender à porta. Do outro aposento, com a porta semiaberta, observam para ver quem é.

O mordomo abre a porta, um jovem, de longas barbas e bigodes, o mesmo já visto por Alberto, aparece. O mordomo e o recém-chegado trocam palavras.

É o meu irmão!

O açougueiro?

E garanto que ele não tem nada postiço...

O que será que ele deseja?

Ah!, está com medo, não está?

Que medo que nada.

Ele estava comigo na manifestação. Nos perdemos quando os provocadores chegaram. Ele deve ter me visto entrar aqui...

Um açougueiro militante!

Ele não é açougueiro.

Mudou de profissão?

Ele nunca foi açougueiro...

Mas você me disse que...

Ele é estudante de... de filosofia...

Ah, filósofo!, talvez isto explique a intimidade de vocês.

Não sei o que você pretende insinuar.

Já na porta o mordomo faz o jovem esperar e vem falar com Alberto.

O cavalheiro procura pela irmã, suponho que é mademoiselle.

Ele deu o nome...

Mordomo: Disse se chamar Patric Lantelme.

Naná chama o irmão: Pierre!

Pierre ou Patric?

Ah! você me cansa, Alberto.

Lantelme suspira fundo e corre ao encontro do jovem barbudo. Abraçam-se e vão saindo sem mais palavras. Alberto exaspera-se.

Um momento.

O jovem volta-se: Sim?

É que... nada... então você estuda na Sorbonne, não?

Sim, é claro que sim... na Sorbonne...

Deixam a casa e ganham a rua agora calma.

Alberto desiste, atônito, e depara com o mordomo que o observa.

Alguma coisa, senhor?

Você entende as mulheres?

Como, senhor?

As mulheres, você entende?

O mordomo sacode a cabeça, eximindo-se da questão.

Não, senhor, não as entendo... e aconselho o senhor a desistir de entendê-las...

Não creio que possamos entendê-las.

Muito sensato de sua parte, senhor.

O voo industrial

Depois de 1909, a velha Albion jamais seria a mesma. No dia 19 de julho, sem se importar com o péssimo tempo, Louis Blériot levanta voo de Les Baraques, às quatro da manhã. A esposa aflita não tira os olhos do pequeno aeroplano, acompanhando o voo de um barco de pescadores. O monoplano XI quase roça na crista das ondas do canal da Mancha. Se acontecer alguma desgraça, Blériot deixará de herança uma dívida de milhões de francos. Se romper com o esplêndido isolamento britânico, ganhará 1.000 libras do *Daily Mail*.

Trinta e sete minutos depois ele bebe uísque em Dover Castle.

Produção em série

Estão voando nos céus de Paris: Aubrun, Voisin, Leblanc, Lindpaintner, Weymann e Bregi. O conde de Lambert circunda a torre Eiffel num aeroplano. Farman viaja 216 quilômetros em aeroplano, gastando quatro horas e dezessete minutos. O rabino Azancoth escapa de um pogrom no Marrocos num bimotor.

Mademoiselle Marvingt começa seus primeiros treinos, vestida de amazona, pilotando um monomotor de estrutura de pano.

E Petitsantôs?

O fazendeiro na oficina

Petitsantôs não está parado. Ele discorda desses aparelhos enormes, pesados e de difícil controle. Para ele um avião deve ser simples, quase uma extensão do corpo do piloto. Uma aeronave que possa ser montada artesanalmente, leve e delicada, mas com muita potência, para voar quando o tempo está firme, nos dias mais ensolarados do verão. É um avião assim que ele pesquisa.

Mas os tempos não são para artesanato. A melhor prova é a novidade que o amigo Antônio Prado leva até Neuilly. Um carro que está revolucionando a indústria. Alberto, sempre bem-informado dos progressos da mecânica, fica interessado. O carro não tem nada de impressionante, é apenas o modelo T fabricado pelo senhor Ford. O método de fabricação é que importa: a produção em série. Cada operário instala uma parte do carro, aumentando a produtividade e barateando o custo. O preço do modelo T é três vezes menor que o de qualquer um dos carros fabricados artesanalmente na Europa.

Em breve os aviões que você inventou serão fabricados assim, profetiza o amigo.

Mas não serei eu o fabricante, responde Alberto.

Antônio Prado aceita a recusa como fruto da modéstia do inventor.

Você não pode esquecer a nossa vocação agrária, ironiza Alberto.

Dragonfly

Alberto quer se redimir da acusação de feiura que pesava sobre o 14-Bis. Esmera-se no desenho do novo aparelho. As mais puras formas do art-noveau estão a serviço do desempenho do aparelho. As asas, em seda do Japão, são quase transparentes, mostrando nervuras de folha. A delicadeza da aeronave lembra um inseto. É frágil mas exibe dinamismo e precisão.

Para comprovar seu acerto, convida Cristina Penteado.

Ela aparece certa manhã esvoaçando pelo hangar, segurando um botão de rosa vermelha.

Ao ver o aparelho à luz matinal, fica extasiada.

Mas é lindo, Alberto. Parece uma libélula.

Vai ser o meu avião de passeio, ele informa cheio de orgulho.

É tão feminino, como uma demoiselle, ela sussurra.

Sucata

Antônio Prado quer saber o destino das antigas aeronaves que estão abandonadas no hangar.

Eu sei que preciso me livrar delas, mas tenho pena, explica Alberto.

Meu Deus, Alberto, como era caro manter um balão.

Quase fico arruinado, não é mesmo?

Arruinado é um termo um tanto forte, mas você estava gastando um pouco acima de suas posses.

É impressionante o quanto um avião é econômico.

Você acha que o futuro é dos aviões, não dos dirigíveis?

É verdade. Os balões não têm nenhuma chance em nosso tempo. Vivemos o século da simplificação, das coisas vertiginosas, das máquinas velozes, práticas e utilitárias.

Você acha que esse novo avião é uma máquina prática?

Cristina batizou o Nº 20 de Demoiselle.

Eu gostaria de dizer que ele é um brinquedo. Mas não estaria dizendo a verdade.

Mas para você o avião sempre será um brinquedo, Alberto.

Alberto acaricia a fina seda das asas do Demoiselle.

Um brinquedo. Que pena que os homens tenham perdido a capacidade de fazer brinquedos como o Demoiselle.

A libélula

O primeiro voo ele faz em St. Cyr. Está calor e Alberto sobe vestindo um terno branco de linho. O Demoiselle arranca, zumbindo e liberta-se do chão. Mostra-se estável e muito preciso, o que permite uma série de manobras e rasantes. Os amigos e alguns curiosos observam maravilhados. O aparelho é tão estável que Alberto, para surpresa de todos, passa pelo campo com os braços abertos, segurando um lenço branco em cada mão. Quando está sobre os amigos, deixa que os lenços caiam. Uma multidão corre para apanhá-los de lembrança.

Falena vespertina

Com o Demoiselle ele vai a todo lugar. O zumbido às vezes irrita certos ouvidos mais sensíveis, como os de Marcel, que procurava redescobrir o tempo perdido nos gramados de Bagatelle. Mas no Les Cascades ele faz sensação ao pousar suavemente, manobrar com destreza e, antes de entrar, ajeitar o chapéu que vem desabado na cabeça. Um sucesso.

A exilada

O conde D'Eu não tem sossego quando Alberto é o convidado do dia. Desde cedo a senhora princesa caminha nervosa pelos jardins do palácio.

Ele virá, não precisa ficar assim.

Eu sei, mas ele vem naquele coisinha de nada, voando.

Fico muito nervosa...

Por que será que ele não pode pegar um trem, como todo mundo?

De trem... que horror... nem mesmo o senhor viaja de trem, meu marido.

A senhora não pretende me comparar com ele?

Comparar? Claro que não...

E posso saber o significado dessas reticências?

Reticências... mas eu nem tinha me dado conta...

Reticências sim... a senhora já nem nota...

O senhor, meu marido, ainda está aborrecido comigo, a verdade é esta.

Não estou aborrecido.

Claro que está. O senhor não gosta que eu convide brasileiros, é isto?

A senhora sabe que eu detesto. Chegam aqui e ficam chamando a senhora de Redentora... Redentora! Ra, ra, ra...

O senhor sempre externou o maior desprezo por nós, brasileiros...

A senhora, brasileira? Ora, não me faça rir!

Eu sou brasileira, senhor meu marido, e nem os republicanos ousaram negar este privilégio. Eu sou uma pobre exilada nesta terra que para mim será sempre estrangeira. Encontrar brasileiros é o último prazer que me resta...

Fora o contrabando de feijão, farinha, toicinho...

Outro dia o visconde de Barbacena trouxe-me lindos limões galegos.

Quase morri de vergonha quando a senhora pediu cachaça ao barão do Solimões...

Ouvem o matraquear do Demoiselle. Criados aparecem, e o casal encaminha-se para o local do pouso. Alberto está saindo do Demoiselle carregando uma sacola. Faz uma mesura ao conde e beija a mão da princesa.

Minha Redentora!

O conde D'Eu revira os olhos com raiva.

Trouxe farinha de mandioca, acabo de receber do Brasil...

O conde revira novamente os olhos.

Deus lhe abençoe, meu caro Alberto.

Clarões na memória

A felicidade foi abandonando Alberto — afirmava Sem, anos depois. — Para nós que vivemos num clima temperado, muitas vezes achamos a felicidade semelhante ao verão. Assim, Alberto parecia viver constantemente em pleno verão. Ele guardava o calor de sua terra e nos constrangia com o seu espírito determinado, racional, direto e quase sempre de uma dureza cortante para os que se sentiam infelizes ou frustrados. Cada coisa que ele fazia tinha uma graça manifesta e suave. O seu avião Demoiselle, por exemplo, era dotado dessa singela grandeza, como um raio de luz por entre os bosques de verão.

Cofre de segredos

Sentia já não poder escapar da zona sombria que o ameaçava. Voar no Demoiselle não escondia nada, ao contrário, escancarava. Restava o velho pudor mineiro e o escrúpulo latino. Renegando a indústria, o esporte estava revelando-se muito amargo.

As asas perto do fogo

Como tudo em sua vida, o ato de vestir-se era um ritual meticuloso e cheio de minúcias. As roupas, muito bem passadas a ferro, deviam estar impecáveis e eram vestidas com o máximo de cuidado. Depois de vestir-se sem a ajuda de ninguém, o mordomo era chamado para ajudar a calçar as famosas botinas com palmilhas. Certa noite, o mordomo nota que as pernas de seu patrão estão trêmulas. Levanta os olhos e surpreende Alberto com o rosto contorcido por um esgar que lhe deformava os lábios.

Está se sentindo bem, senhor?

Não sei ... sinto um mal-estar...

Alberto começa a perder os sentidos, sendo amparado pelo mordomo.

Petitsantôs! Por Deus!

Acomoda Alberto na cama e sai do quarto.

Venham rápido. Petitsantôs não está passando bem.

A criadagem toda corre para o quarto. A cozinheira toma a iniciativa.

Vamos, depressa, desabotoa a camisa, tira a gravata dele...

O mordomo vai seguindo as indicações da cozinheira. Sem, que acaba de entrar, ainda de cartola e bengala na mão, assusta-se com a confusão.

O que está acontecendo aqui?

Foi Petitsantôs.

Perdeu os sentidos.

Alberto começa a se reanimar, abre os olhos.

Sem, é você?

Sim, sou eu. O que é que você está sentindo?

Chamo um médico?

Não, não é preciso.

Mas o senhor desmaiou.

Não foi nada, não se preocupem.

Acho que você devia consultar um médico.

Não foi nada, já disse. Senti um mal-estar, acho que é cansaço. Um simples esgotamento...

Você não tem parado ultimamente...

Petitsantôs precisa se cuidar...

Ele pensa que é de ferro...

Descendo a ladeira

Dois dias depois, aparentemente bem-disposto, Alberto comparece a uma reunião em casa de Antônio Prado. Está comunicativo e afável, comentando a velha indisposição do conde D'Eu em relação aos brasileiros.

O problema é que nos considera a todos como desprezíveis republicanos...

Pior, ele acha os brasileiros um bando de selvagens.

Mas também, coitado, o pobre do francês foi para o Brasil porque estava arruinado. E tocam ele de lá à baioneta.

Que coisa mais pérfida, Cristina!

É verdade, Alberto. Todo mundo sabe. Ele aqui nem ao menos tinha uma propriedade para abrir à visitação turística.

Meu Deus, Cristina, quero ter você sempre como amiga. Eu gosto muito da princesa dona Isabel. É uma mulher de grande coragem... E o conde D'Eu sempre me tratou muito bem.

Coragem ela deve ter mesmo, para casar com ele...

Alberto levanta-se e vai até a mesa apanhar uma bebida. Estende a mão e parece perder o controle de seus movimentos. Derruba os copos. Perplexo e envergonhado pelo desastre, senta-se numa cadeira.

Que desastre!

Ora, não foi nada, Alberto...

Nota que ele está pálido.

Você está se sentindo bem?

Estou, estou... engraçado, de repente minha visão ficou turva.

Deve ser praga do conde D'Eu... ele morre de ciúmes de você, Alberto.

Ora, Cristina, que coisa de mau gosto.

Alberto tenta se sentar numa poltrona e cambaleia.

Alberto!

Ele passa um lenço no rosto lívido e respira com dificuldade.

Vou para casa, estou muito cansado.

Mando levar você.

Não precisa, já estou bem.

Acho bom você não ir guiando...

Não precisa... eu vou sozinho...

O último voo

Em que dia foi, a memória apagou. Mas a partida foi de St. Cyr, numa manhã de inverno. A única testemunha foi seu amigo Goursat, e estava preocupado. Alberto andava apresentando estranhos sintomas e não parecia em boas condições físicas para pilotar o Demoiselle.

Algumas nuvens negras no céu anunciavam uma tempestade mas Alberto não queria adiar o voo. Pretendia visitar um amigo em Buc.

O que é que há, Sem? Não vejo motivo para tanto alarme.

Você não anda bem, Alberto.

Eu estou muito bem.

Mas vai cair uma tempestade.

Alberto olha para as nuvens, sorri, confiante.

Hoje não vai chover, quer apostar?

Sem descai os ombros, conformado, O Demoiselle começa a roncar e levanta voo. Logo desaparece por entre as nuvens negras.

No olho da tormenta

O Demoiselle voa por entre nuvens negras, Alberto não pode ver nada e a hélice vai cortando a fugaz condensação de vapor. Ele sente um enorme prazer em estar ali, enfrentando a tempestade em formação. Vez por outra um relâmpago, seguido de um trovão, completa a harmonia vertiginosa da tempestade. Uma nuvem mais densa absorve completamente o avião e seu intrépido passageiro.

Diagnóstico

Despido da cintura para cima, sentado em uma cama de exame, Alberto aguarda o resultado da consulta.

O médico lava as mãos numa bacia de esmalte, enxuga-as e volta-se para encarar o paciente. Quer saber se ele tem algum parente, alguém com quem possa conversar.

Alberto não tem ninguém em Paris, é dono de seu nariz desde os 17 anos.

O médico suspira, é um dos piores momentos de sua profissão, ter de dizer a verdade ao paciente. Especialmente àquele paciente.

Coragem, Petitsantôs... coragem...

O sonho termina

Chapin, Dazon e Gasteau assistem aos prantos o hangar de Neuilly ser demolido. Antônio Prado, com ar grave, também observa. Enquanto as enormes estruturas, que lembram a de uma gigantesca tenda oriental, vão sendo rapidamente desmontadas, repórteres começam a chegar.

Onde está Petitsantôs?

Soubemos que ele sofreu um esgotamento nervoso.

Os três mecânicos, abatidos, nada respondem.

E o pesadelo começa

Sem está sentado em sua prancheta, na redação de um dos jornais onde colabora. Um outro jornalista se acerca.

Tenho de escrever duas laudas sobre a doença de Petitsantôs, você que é amigo dele, o que há de verdade nisso?

Ele está muito esgotado, precisa de descanso.

Mas isto não é motivo para largar tudo. É verdade que ele renunciou até mesmo a voar?

Não sei, é o que estão dizendo.

E qual é a verdade? O que está realmente acontecendo?

Não tenho falado com ele.

Como, nem mesmo você ele recebe?

Nem mesmo eu...

Um homem de qualidade

A residência da rue Washington está quase vazia, praticamente todos os móveis foram retirados e apenas algumas caixas e pacotes estão arrumados no térreo, esperando pela transportadora. Alguém toca a campainha. O mordomo, cabisbaixo, arrasta-se para abrir a porta. É Antônio Prado que chega.

Como está ele?

Está bem, foi melhor para ele ficar em minha casa.

O senhor tem razão, a imprensa não para de bater na porta.

Está tudo arrumado?

Tudo, senhor.

Então poderemos entregar a casa amanhã.

Tristes, os criados vão se aproximando de Antônio Prado.

Senhor...

Sim?

Poderíamos nos despedir dele?

Vou ver o que posso fazer.

Nós gostamos muito dele. Não queríamos que ele nos esquecesse. Ele sabe disso... e não esquecerá vocês...

Um pioneiro da indústria

Eu não podia acreditar — lembraria mais tarde Voisin —, Petitsantôs estava abandonando a aviação. Nenhuma explicação era boa para aquele gesto. E mesmo para um homem como ele, cheio de mistérios e contradições, aquela retirada soava como uma derrota para todos nós. Petitsantôs era o nosso querido fidalgo do ar, o rebelde, o que ia contra a corrente. Se ele estava nos deixando, era porque algo estava errado. Meu último contato com ele, creio, foi durante um almoço no Aeroclube. Ele estava calado, como sempre, mas no final, sentou-se ao meu lado e começou a recordar coisas do passado. Fiquei um pouco surpreendido, e orgulhoso. Petitsantôs estava me tratando como a um igual. Lembro que foi nessa ocasião que ele me falou de suas desventuras com mademoiselle Lantelme, a atriz, e do quanto ele tinha desconfiado de mim. Assegurei a ele que jamais tivera o menor contato com a referida dama, e ele pareceu satisfeito. Não sei fazer julgamentos, mas creio que o problema maior de Petitsantôs era o perfeccionismo, ainda que os seus critérios de perfeição fossem muito pessoais. Logo depois do voo do feíssimo 14-Bis, as coisas começaram a tomar outro rumo na aviação. Ao contrário do que Petitsantôs imaginava, a aviação não estava se tornando um ramo mais tecnicamente sofisticado do esporte, ao contrário, era uma atividade cada vez mais prática, cada vez mais industrial, que demandava altos investimentos, despertava pela primeira vez o interesse dos governos. Acho que o espírito aristocrático, de resto para mim incompreensível em se tratando dele, chocou-se com esta nova realidade. Petitsantôs era refratário ao princípio industrial da aviação, e o seu individualismo, que ele disfarçava bem, entregando ao domínio público os seus inventos, não era compatível com a indústria.

Sob a luz fria

Aos cuidados dos Prado, Alberto passa os dias sentado numa bergère, o quarto na penumbra, os olhos perdidos no infinito. O chá com biscoitos de polvilho, que ele tanto gosta, fica intocado. A não ser a leve cortina de voile da janela, sempre batida pelo vento morno da estação, nada se move naquele ambiente triste. Certa manhã uma figura feminina rompe aquela imobilidade, trajando um vestido cinza e escondendo as mãos nervosas e suadas. Ao levantar os olhos para a figura que permanece indistinta na porta do quarto, Alberto teme que seja mais uma de suas alucinações. Uma voz de mulher sussurra: "O segredo dos dirigíveis de monsieur Santôs é que são pequenos, feitos de...". Alberto completa: "Feitos de materiais de qualidade, mais leves e resistentes". Mademoiselle parece conhecer bem a matéria, ele comenta e os dois começam a rir.

Aída D'Acosta corre para ele, abraça-o e beija-lhe o rosto pálido.

Alberto, Alberto, o que é que está acontecendo?

Quando foi que você chegou?

Cheguei ontem, e toda Paris comenta.

Larguei tudo...

Como é possível?

Alberto segura o rosto de Aída com as duas mãos.

Você não acredita, não é?

Não, eu conheço você, Alberto. A mim você não engana.

Agora todos estão voando, Aída. A aviação se transformou numa indústria. Não há mais lugar para mim...

Isto é absurdo. Você não está falando sério...

Todo mundo está voando agora...

E não era isto o que você sonhava?

Ela liberta o próprio rosto e ajoelha-se a seus pés. Estende a mão para alcançar o rosto de Alberto, mas ele intercepta, beija-lhe as costas da mão e descobre uma aliança em seu dedo.

Você casou?

Sim, estou casada. E você, não casou?

Durante um tempo, faz-se silêncio.

Não, nada deu certo em minha vida.

Novamente deixam-se ficar em silêncio e ela aproveita para retirar a mão que parece insistir em manter escondida.

E ele, quem é?

Henry?

O nome dele é Henry?

É... ele é advogado, já nos conhecíamos... ele é de Nova Iorque... trabalha para o governo...

Que nome você usa agora?

Breckinridge.

Quer saber a verdade, senhora Breckinridge?

Ela confirma, levemente sacudindo a cabeça.

Minha mãe se matou em 1902.

Eu sinto muito.

Não precisa sentir muito, ela estava velha, doente, quase cega e dependente. Minha mãe era uma mulher profundamente católica. O suicídio dela sempre foi um mistério para mim, eu não conseguia entender como uma católica fervorosa como ela tinha sido capaz de acabar com a própria vida. Agora eu sei por que ela se matou, enfrentando a terrível condenação de sua religião...

Vamos, Alberto, que conversa é esta?

Minha mãe era também uma mulher altiva, não podia suportar a humilhação de ver que os outros sentiam pena dela. Este é o sentimento que os velhos, os inválidos e os doentes despertam nos outros: pena. Ela preferiu se matar.

Você está doente, Alberto?

Estou, senhora Breckinridge. Tenho um mal incurável, que me fará degenerar aos poucos. O Alberto que você conheceu não existe mais. O que restou é um homem que tem horror que venham a sentir pena dele.

Todos nós sofremos de alguma maneira, Alberto.

Mas nem todos têm o privilégio de sofrer de esclerose múltipla e continuar vivendo.

Você não está pensando em... em morrer...

Você quer dizer, me matar?

Aída confirma, segurando as lágrimas.

Não se preocupe, não estou pensando em me matar. Eu não gosto de imaginar o que é a morte.

Então? Nada de ficar assim... Um homem como você, o que pode temer?

O esquecimento.

Você, esquecido? Jamais...

O que é que eu vou deixar que simbolize os meus esforços?

Muitas coisas, Alberto, mas talvez a mais importante seja aquela que é comum aos brasileiros: a alegria de viver.

Adeus, sra. Breckinridge.

Adeus, Alberto.

Ela levanta-se e sai, sem se voltar. Alberto faz um esforço para erguer-se da cadeira e algo tomba de seu colo, tilintando. Ele abaixa-se e pega o objeto. Nota que é a aliança de casada de Aída D'Acosta.

Na avenida Paulista

Ele viveu seus últimos dias em grande agonia — lembrava Antônio Prado. — Os caminhos tomados pela aviação lhe deixaram amargurado. Atacado pelas crises da doença degenerativa, Alberto tornou-se rapidamente a ruína do que tinha sido. Eu sofria a cada encontro com ele.

O Brasil civiliza-se

Antônio Prado regressou definitivamente ao Brasil em 1918. Fundou uma indústria de vidro.

O pequeno príncipe

Goursat, em Nice, muitos anos depois.

Ele jamais se entregava a ninguém, estava sempre a se resguardar. Não creio que tenha sido fruto de uma educação rural austera. Eu mesmo tive a mais austera das educações rurais e fui considerado um libertino. Alberto, no entanto, preservou sempre a sua intimidade. Talvez sonhasse em ser bonito, forte, alto, especialmente alto. E desejasse ser um homem espontâneo, um desses homens que as mulheres jamais procuram como cúmplices, mas como amantes. Mas ele era o contrário disso, possuía uma ternura que cativava as pessoas, quando se desarmava um pouco. Suas relações com as mulheres eram lentas, exigiam paciência, poucas palavras... Mas quem sou eu para expor tantas certezas a respeito dele.

A máquina celibatária I

Corre o ano de 1910.
Uma bela manhã de verão. Jardin des Tuileries. Casais estão passeando, babás cuidam de crianças e os estudantes de liceu passam fazendo algazarra por entre os canteiros. Um Demoiselle com as cores da França atravessa placidamente o céu.

A máquina celibatária II

Bld. des Capucines. Pessoas passam apressadas pelas calçadas. Os carros, agora em maior número que as carruagens, buzinam para despertar a atenção dos transeuntes mais distraídos. Sobrevoando o boulevard, um Demoiselle vermelho, brilhante, passa matraqueando o seu motor.

A máquina celibatária III

Bld. St. Michel. Grupos de universitários fazem uma manifestação ruidosa em frente à estátua de São Miguel. Policiais observam hostis. No céu, zumbindo, passa um Demoiselle absurdamente amarelo.

A máquina celibatária IV

Gare de Montparnasse. Um trem acaba de chegar, os passageiros descem apressados, carregando suas malas e pacotes. Ouvem um ruído no ar, levantam os olhos e observam a passagem de um Demoiselle colorido como um arco-íris.

O último filme de Max Linder

Jardins de Luxembourg. Pessoas idosas tomam sol, sentadas nos bancos espalhados pelo jardim. Transeuntes apressados cortam as calçadas. Faz uma temperatura amena e ainda há algumas flores de primavera. Então, toda aquela placidez é cortada pelo zumbido de um Demoiselle azul que faz voos rasantes sobre as árvores. As pessoas olham para cima, outras correm de dentro das casas para apreciar o maravilhoso aviãozinho. Até mesmo os taciturnos frequentadores de um bistrô da rue D'Assas deixam seus copos de anisete para apreciar as evoluções do Demoiselle. Todos, menos um que continua sentado em sua mesa, indiferente, concentrado em seu copo de vinho branco. O solitário frequentador do bistrô é Alberto Santos Dumont.

Ridículos desejos

Compra um telescópio e passa a olhar as estrelas. Talvez um exercício para aceitar suas próprias limitações. Ou um esforço para saltar por cima delas. E muda-se para uma casinha de praia com terraço na bucólica vila de Blonville. Durante o dia ele observa as banhistas mergulharem nas ondas do Mediterrâneo, a darem gritinhos e corridinhas pela areia branca.

Para as banhistas que o observam trata-se de um homenzinho de costumes parcimoniosos, o rosto pálido e mãos nervosas.

O que ele deseja com aquele telescópio?

Esconder-se, quem sabe.

Le petit poucet

Em seu refúgio chegavam os murmúrios dos céus. O piloto Tony Janus inaugurava a primeira linha aérea regular, ligando St. Petersburgo a Tampa, na Flórida. O hidroavião cobria os 35 quilômetros em 20 minutos e a tarifa era de cinco dólares.

Faturou dez mil dólares em quatro meses.

Royaume des valdars

Jorge Chavez, um peruano radicado em Paris, tenta atravessar os Alpes no seu "Blériot". Faz a travessia por entre nuvens espessas e morre em plena pista de chegada, ao desabar na hora do pouso.

Estatística

As fatalidades nos primeiros voos.
    1908 .... 1 morto.
    1909 .... 3 mortos.
    1910 .... 29 mortos.
    1911 .... 100 mortos.
Aeroplanos em uso: 1.350
Nenhum Demoiselle em uso sofreu qualquer avaria grave.

La goulue

Roland Garros atravessa o Mediterrâneo em seu "Morane-Saulnier H", pousando em Bizerta, Tunísia, enquanto Calbraith P. Rodgers atravessa os cinco mil quilômetros entre Nova Iorque e Passadena, em quarenta e nove dias, sessenta e oito escalas e oitenta e duas horas de voo efetivo, pilotando um "Wright Baby".

Le navire sans pareil

Alberto chega ao Brasil em janeiro de 1914. Está quase arruinado porque era mais barato construir um avião que pagar as contas de um médico.

Quer ficar para o resto da vida, mas em julho volta para a França.

Enquanto olhava as estrelas, o arquiduque Francisco Ferdinando é abatido a tiros por Gavrilo Princip, em Saravejo, na Bósnia.

O Império austro-húngaro invade a Sérvia.

Petitsantôs ressurge em Paris, numa fila de alistamento. Quer servir como chofer no front. A junta médica do exército constata-lhe a visão dupla e nega-lhe a farda.

Logo seria preso como espião alemão.

Le petit futeux

A prisão de Alberto não durou uma tarde. Por ordem pessoal do presidente francês, ele é solto com pedidos de desculpas. Mas as deferências oficiais não o comovem. Ele volta para casa e sente náuseas ao contemplar os seus arquivos, os projetos, as cartas, sinais de sua transparência no mundo. Não quer mais que esses papéis amarelecidos façam a sua existência brilhar para sempre como um cristal. Sua existência já não corresponde ao brilho que irradia daqueles papéis. É outra pessoa agora, cheia de segredos e fechada para sempre em seu interior. Quando sofre os ataques da doença, a nova criatura em que se transformou mergulha numa penumbra viscosa cheia de recantos aterradores, tão diferente da macia claridade dos tempos passados.

Para não despertar a atenção da criada, ele passa a tarde reunindo os papéis no fundo do quintal. Quando cai a noite, deixa que o fogo apague para sempre aqueles restos insinceros do passado que tanto ofendiam o seu presente sofrimento.

No dia seguinte, o sobrinho Henrique vem buscar o tio enfermo.

Cherbourg

O café está repleto de passageiros que chegaram cedo demais para o embarque. São os mais aflitos, os que falam mais alto e a todo momento se calam para ouvir o apito do navio, sinal de que já podem embarcar.

Alberto, bebericando um pernod, parece tomado por imensa ternura. Ao seu lado, de costas para o movimentado cais, Sem observa um fumegante croc-monsieur que o garçom acaba de trazer para o jovem Henrique.

Quando retorna?

Quem sabe.

Sabe o que eu mais gosto em você, Alberto?

Não.

A maneira que você tem de falar pouco e fazer o que deve ser feito.

Acho que nasci assim.

(Nossa amizade tem sido muito superficial. É uma cordialidade.)

Em que você está pensando, Sem?

Em nossa amizade.

(Você foi o único que me compreendeu e apoiou.)

Você é o melhor amigo que tive, Sem.

(Por que, Alberto, você sempre confundiu a amizade com a necessidade de ser compreendido?)

Eu sei, meu caro Alberto. Mas sinto que não nos veremos mais.

Bobagem, logo estarei de volta.

Logo estaremos em guerra.

(Não sei explicar, Sem, mas qualquer tentativa de sufocar minha intimidade, irrita-me profundamente. Não posso evitar.)

(Para você, Alberto, haverá sempre uma coisa indistinta, vaga, de cordialidade, que se confundirá com amizade.)

Adeus, Sem.

Corta-jaca

Petitsantôs chega morto ao Brasil mas ninguém nota. Sapecam-lhe discursos e festejos.

Alberto, no entanto, sorri e aperta mãos, cofiando os bigodes grisalhos.

Ninguém pergunta pela conflagração que vai pela Europa, o assunto do momento é o reescalonamento da dívida de catorze milhões de libras que os ingleses estão cobrando do Brasil.

Uma praga nacional

Alberto escolhe viver em Cabangu. Faz pose de Jeca-Tatu e não convence.

Quer comprar de volta a casa da fazenda. Sonha em criar gado leiteiro e galinhas poedeiras.

Mas falta-lhe vintém.

Em seus melhores dias, passava horas e horas a ler tratados de matemática e a respirar o perfume da relva molhada de orvalho.

Nos dias em que virava bicho, hasteava a bandeira nacional.

Os capiaus não ousavam chegar perto do seu terreiro.

Oi, cumpadre, cê viu o home que avoa passá acolá?

Nhô sim, cumpadre, e acolá num é o ninho dele, uai!

Ecos da guerra

Deu no jornal:

Dois aviões "Voisin 5" bombardearam ontem, dia 14 de agosto, a base de dirigíveis Zeppelins, em Metz-Frascaty, causando a completa destruição dos objetivos inimigos.

Deu no jornal:

Santos Dumont, pai da aviação, foi ontem, dia 8 de outubro, homenageado pela Câmara Municipal de Ouro Preto. Na ocasião, usou da palavra o magnífico orador, cônego Valdir Pelegrini.

Deu no jornal:

Um avião "Voisin 5" abateu anteontem, dia 5 de outubro, na primeira batalha aérea acontecida no mundo, um avião "Aviatik" dos inimigos. A batalha aérea aconteceu nas proximidades de Reims.

O inconfidente

A homenagem era sincera — lembrava o cônego Pelegrini. — Queríamos de todo coração incensar o ilustre patrício. Mas o homem nos preparou uma tenebrosa surpresa. Chegou no recinto da Câmara como um boneco de cera. Não abriu a boca em nenhum momento e se retirou antes dos comes e bebes, para total desolação do centro cívico feminino que lhe preparara especiais acepipes. Longe de minha humilde pessoa desejar adiantar julgamentos de valor sobre tão alta figura de nosso panteão, mas que a atitude desse senhor foi em tudo uma demonstração cabal de soberba, não resta a menor dúvida.

Pátria, latejo em ti, no teu lenho...

Pinheiro Machado bate a cinza do charuto sobre o chão de mármore do Hotel dos Estrangeiros. O correligionário que o acompanha espalha o enorme tarugo de cinza com o pé. Ouve um ruído cavo e alguém tossir. Pensa que está na hora de seu líder deixar um pouco o mau hábito daqueles mata-ratos. Ao levantar os olhos, percebe que seu líder está caindo, o peito dilacerado por golpes de punhal. Grita, desesperado, mas o caudilho está morto.

O Brasil continuava um país neutro e pacífico naquele ano de 1915.

Criança, não verás nenhum país como este

O poeta faz poses na frente do grande espelho do Café do Rio. Agrada-lhe a própria figura de tez morena, cabelos negros e olhar profético. Todas as damas presentes estão a avaliar o seu garbo. E o poeta Aníbal Teófilo se deixa dominar pelo prazer de ser belo e inteligente numa tarde de sol carioca. Logo estaria no chão da confeitaria, com dois furos no peito, a vida ceifada pelos tiros de um deputado nordestino.

Ao poeta, a glória de ser enterrado com o corpo encharcado de perfume francês. Ao deputado Gilberto Amado, o assassino, a honra de ser embaixador do Brasil.

O país mantinha-se distante do mundo em conflito.

Revista do Brasil

Acordava bem cedinho e saía para caminhar no campo. A vida em Cabangu era absolutamente igual mas ele não reclamava. Como a cada surto o seu interesse pelas coisas diminuía, as caminhadas pelo menos ajudavam a mantê-lo com uma certa agilidade. Os aromas eram fascinantes e Alberto buscava neles certas lembranças e certas recordações dos momentos privilegiados. Mas ele era um homem de ação, não um contemplativo. A vida regrada do interior era-lhe em tudo conveniente pela saúde precária. Mas nem bem os odiosos ataques da doença cessavam, ele parecia renascer, deixava-se iludir pelo bem-estar que tomava o corpo abatido após os horríveis ataques. E ao sentir que o corpo, mesmo momentaneamente, estava livre dos achaques, seu espírito queria ação. Cabangu, então, tornava-se um local detestável.

Le chasseur adroit

Monsieur Voisin ampliou as instalações de sua indústria de aviões em Billancour, preparando-se para atender a encomenda de 3.500 aviões para uso em combate. As novas instalações exigiram um investimento da ordem de 20 milhões de francos e teriam capacidade para trezentos operários.

Annales de la vertu

Quando tinha sido? Em 1902? 1903? Não lembrava exatamente da data. Mas tinha sido no Marrocos, no hotel. Um grupo de aristocratas alemães distribuía vultosas gorjetas para conseguir os melhores quartos. O venal gerente do hotel ousara propor que trocasse de quarto para que um cavalheiro de monóculo e bigodes finíssimos ali se instalasse. Alberto repudiara com tal veemência a proposta que o aristocrata procurou saber quem ele era.

Herr Santos?

Ya!

Baron Manfred von Richthofen — disse, batendo os calcanhares e curvando-se levemente.

Ficaram amigos durante a curta temporada. Alberto não podia suspeitar que iria apostar corrida de camelos no Marrocos com o futuro terror dos céus da Europa, o Barão Vermelho e seu "Fokker D VII".

Eu sei tudo

A insônia agora é a sua pior inimiga. Passa noites em claro, vagando pela casa, com uma maníaca obsessão pela arrumação dos móveis. Nada pode estar fora do lugar, e as cadeiras rústicas, a tosca mesa e o tapete de sisal ganham estranhos significados, como peças de um louco jogo de xadrez. Pelos jornais ele sabe que o mundo está em chamas. Milhões de criaturas estão perdendo a vida nas trincheiras ou morrendo de fome. Bucareste, Veneza, Pádua. Treviso e Verona sofreram bombardeios aéreos. Os aviões já não eram aqueles delicados e frágeis pássaros que ele ajudara a criar, tinham se transformado em blindadas aves de rapina. Por isso, a casa deve estar bem-arrumada, os móveis devidamente situados numa geometria misteriosa que afastará o pesadelo da guerra para bem longe.

Pelo telefone

Um amigo vem contar a notícia do afundamento do navio Macau por submarinos alemães. Era o segundo navio mercante brasileiro a ser atacado perto da costa nordestina.

A culpa é do comandante.

Do comandante, Alberto! Mas foi uma agressão.

O comandante deve ter subido com o pé esquerdo no navio.

???

Made in France

O conhecido industrial Louis Blériot assinou um contrato com a Standard Aircraft Co., de New Jersey, concedendo-lhes licença de fabricação de seus aviões. O negócio foi orçado em seis milhões de dólares. Celebrando o acontecimento, madame Blériot ofereceu um chá à sociedade parisiense, para levantar fundos em prol dos mutilados de guerra.

La petit forgeron

A doença parece ter retrocedido. Nenhum ataque em dois meses.

E a guerra acaba.

Petitsantôs quer ressuscitar.

Arruma as malas e parte.

Chega a Paris no inverno de 1918.

A cidade estava mudada. Soldados cuspindo em inglês passeiam pelas ruas gastando dólares. As saias das mademoiselles subiram alguns centímetros e os tornozelos apareceram pela primeira vez em duzentos anos. O jazz ressoa nas caves de Montparnasse.

Olheiras, peles macilentas. Rapazes barbudos.

E a elegância, onde se esconde a elegância?

Uma velha amiga explica que depois de uma guerra a elegância é a deselegância.

Alberto nota que os parisienses estão mais nervosos do que nunca.

Por uma trivialidade um garçom despeja o cinzeiro repleto de baganas no colo de uma jovem.

Por um me dá cá aquela palha um bilheteiro do metrô esmaga os dedos de um velho ao fechar com violência a portinhola do guichê.

E os mutilados.

Garotos sem pernas, sem braços, em cadeiras de rodas. Jovens falando sozinhos na rua: nevrose de guerra. Na esquina da rue Washington abriu uma loja de roupas masculinas.

Petitsantôs é um anônimo em plena Étoile.

Jeca-tatu

Blériot pôs uma dentadura nova. Mas o sorriso está nublado. As encomendas cessaram, a fábrica está quase parada.

O que fazer com os aviões em tempo de paz?

Voisin manda demitir trezentos operários de sua fábrica em Billancour.

Eu sempre disse que o avião é um esporte de cavalheiros.

A guerra também, Alberto. Mas a guerra acabou.

E o que você vai fazer?

Usar os aviões para transportar passageiros.

A tarifa será uma fortuna.

O problema não será o preço, será convencer os passageiros que voar é uma coisa segura.

O burguês fidalgo

Alberto passa um fim de semana em Nice com Cristina Penteado.
Voisin está por lá, de iate novo.
Bebem champanha ao largo.
Mademoiselle já andou de avião?
Eu, Deus me livre.
É muito mais seguro que andar de automóvel, pergunte ao Alberto.
Querido Voisin, você sempre foi muito espirituoso.
Mas é verdade. Compare o número de acidentes de automóvel com os acidentes aéreos.
Você não me engana, querido. Que tal comparar o número dos sobreviventes em desastres de automóvel com os sobreviventes de acidentes aéreos?
É impossível discutir com uma mulher bonita.

Em West Point

Petitsantôs, anônimo, embarca para os Estados Unidos.
Faz conferência para meia dúzia de militares.
Tem um ataque no hotel, em Nova Iorque.

Rhun creosotado

Quem sabe o clima da montanha?
Compra um terreno em Petrópolis e constrói uma casa.
Aqui ninguém entra com o pé esquerdo.
E viaja.
Em Lima pergunta ao embaixador brasileiro pelas mulheres peruanas
Na Argentina ouve um tango em La Boca.
No Chile fala para os estudantes de uma escola primária.
Na Bolívia sofre vertigens e foge de um gato preto.

Poesia Pau-Brasil I

Sr. Presidente Efigênio Salles:
O Alberto Santos Dumont tem andado de ceca e meca a tentar comprar a casa onde nasceu no interior de Minas. Sugiro que Sua Excelência faça a doação da referida casa ao ilustre patrício.
Paulo de Frontin.

Poesia Pau-Brasil II

Meu caro prefeito Paulo de Frontin.
Mandei reunir a bancada de Minas na Câmara Federal e, mediante emenda ao orçamento do Ministério da Viação, faremos a doação do imóvel ao ilustre patrício.
Efigênio Salles.

Poesia Pau-Brasil III

Sr. Presidente Efigênio Salles.
Soube que o Santos Dumont agora vive numa casa maluca que mandou construir em Petrópolis. Não quer mais viver em Minas.
Paulo de Frontin.

Eu só qué é beliscá

Naquele tempo a Seleção brasileira de futebol não aceitava preto.
Mas o país já estava devendo 68 milhões de dólares, 322 milhões de francos e 102 milhões de libras.
1922: três revoltas militares e uma revolução cultural movida a café.
E a bestice nacional, no ano do centenário da Independência, olha espantada para Anélia Pinheiro Chaves. Petitsantôs desce de Petrópolis e vem beijar a mão da dama voadora que veio de São Paulo pilotando um avião de Iona. No meio da festa, aparecem dois portugueses, Sacadura Cabral e Gago Coutinho. Acabavam de atravessar o Atlântico sem molhar os bigodes.
Na grande Exposição da Independência o povo se admira com o progresso da economia nacional: café, borracha, açúcar, óleos vegetais e couro.
Os carretéis de linha do dr. Delmiro Gouveia não faziam mais parte da lista de produtos manufaturados ali expostos em vitrina de mogno e cristal.
O dr. Artur Bernardes assume a Presidência em estado de sítio.

Rudepoema

O silêncio de Petrópolis a toda hora é quebrado por grupos de colegiais que dizem "cotuba" o tempo todo. Petitsantôs se esforça para ser jovial e não frustrar a garotada. Mas Alberto não suporta a ruidosa estupidez colegial e arruma as malas. Quatro semanas depois, aclamado pelos parisienses, levanta voo das Tuileries, ao lado do comando de La Vaux e de Georges Besançon, no dirigível que marca a abertura do grande prêmio Aeroclube da França de 1922. Volta a frequentar o Les Cascades e nota que contrataram garçonetes e ampliaram o número de mesas. Os militares sumiram e as mulheres usam vestidos estampados. Tudo muito diferente, mas ele sente uma desagradável impressão de regresso, de retorno ao velho zoológico em que já pontificou uma vez como atração especial. O maître é um rapaz novo, com sotaque marselhês, e obviamente não o conhece. Mas as cadeiras são as mesmas e também não mudaram as toalhas de linho e os talheres de prata. Esses detalhes lhe dão algumas promessas de reencontro. Mas são detalhes.

L'homme sauvage

Refugia-se nos Alpes suíços e ali se esconde durante seis anos.

Observa os homens. Os mais humildes lhe parecem mais interessantes.

A arrumadeira do quarto do hotel jamais abre a boca, mas tem uma agilidade extraordinária. O pequeno carregador de malas adora fazer barulho e o gerente noturno fuma cachimbo soltando enormes baforadas. O vendedor de jornais fala sempre muito alto e gosta

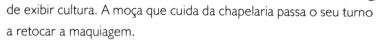

de exibir cultura. A moça que cuida da chapelaria passa o seu turno a retocar a maquiagem.

Alberto transita por entre a gente comum com uma avarenta sensação de que os compreende.

Um dia o vendedor de jornais, que Alberto não lia, conta-lhe que um americano atravessou o Atlântico num voo solitário. O misantropo estremece sob a torrente de palavras do velho tagarela.

Um aviador e seu avião em pleno mar, enfrentando as tormentas. Sente comichões nos dedos.

Salva-se com a chegada de Cristina Penteado toda melindrosa.

Alberto, você está virando uma cabra, trepado aqui nos Alpes.

E o Brasil, Cristina?

O Brasil, ora, mas que pergunta!

Ouvi falar que um capitão anda conduzindo uma coluna de revoltosos pelos sertões.

É o capitão Prestes. Já se exilou na Bolívia. E você, como tem andado?

Eu? Vivo de rendas e de saúde pouca.

Lettres d'un seigneur

Caro Antônio Prado.

Depois de viver todos estes anos isolado na Suíça, penso em regressar definitivamente ao meu país. Talvez os meus regressos definitivos já não comovam os amigos, mas sinto que minhas forças estão chegando ao fim. Depois de tantos anos, sinto necessidade do Brasil...

Alberto.

Nourritures

Prezado Alberto.
Estamos esperando de braços abertos. O Brasil não mudou muito.
Antônio Prado.

No meio do caminho tinha uma pedra

O transatlântico *Ca. Ancora* aparece ao largo da baía de Guanabara. No tombadilho, binóculos em punho, Petitsantôs olha as montanhas tremeluzirem por trás da cortina de umidade em evaporação. Ouve um zumbido e ajusta os binóculos.

Um hidroavião batizado de Santos Dumont sobrevoa o transatlântico, cheio de amigos que acenam das escotilhas.

O motor rateia e lança um som de engasgo. O aparelho entra em parafuso e desaparece nas águas do mar. Ninguém sobrevive.

Carioca

Num bar da Lapa.
Viu só o desastre? Não escapou um pra remédio.
Também, esse cara dá azar. Esse tal de Santos Dumont.
Jura?
Pé-frio no duro.
Isola — toc-toc-toc.

Com que roupa

Os amigos estão velhos e obesos como suínos.
Os desconhecidos, brutais e inconvenientes.
Todos parecem culpá-lo pelo desastre do Santos Dumont.
Foge de qualquer compromisso, de todas as solenidades.
Passa a entrada do ano-novo cavalgando um puro-sangue no bairro do Butantã, em São Paulo.
A cotação do café cai na bolsa e Cristina Penteado perde toda a fortuna. A fazenda de Catanduva ela vende para o capataz italiano e o palacete da avenida Angélica para um comerciante turco. É a crise.
Getúlio Vargas, já crescidinho, toma um trem em Porto Alegre e desembarca no Rio de Janeiro. Três mil gaúchos ocupam a Cinelândia e amarram os cavalos no obelisco da avenida Rio Branco.

Diário de Cristina Penteado

12/05/1930 — Querido Diário.
Recepção na Hípica. Encontrei Alberto. Meu Deus, como está magro e alquebrado. Tem os cabelos inteiramente grisalhos e parece ainda menor do que já é. Falou comigo com indiferença. Doeu no coração mas relevei. Dizem que é a doença. Fiquei sabendo que ele pouco sai de casa porque precisa de cuidados constantes. É doloroso ver um amigo terminar assim.

05/10/1930 — Querido Diário.
Pradinho telefonou comunicando que o estado de saúde de Alberto agravou-se. Sussurram que tentou suicidar-se. Não quero ser maldo-

sa, mas acho que foi porque lhe deram a vaga do Graça Aranha na Academia Brasileira de Letras.

18/04/1931 — Querido Diário.
Aniversário do Esporte Clube Paulistano. Alberto apareceu. Estava sorridente e bem-humorado. Como nos bons tempos. Relembramos coisas do passado e ele me parecia lúcido, com ótima memória.

21/11/1931 — Querido Diário.
Duas semanas em Santos. No mesmo hotel, hospedado em companhia do sobrinho, sempre muita elegante, o nosso Alberto. Mas não parece o mesmo. Jantamos uma noite e passou o tempo todo falando de suas invenções. Disse-me que inventou um aparelho para voo individual e uma espécie de caniço para salvar afogados.

30/01/1932 — Querido Diário.
Rio de Janeiro. Encontrei o Pradinho na Colombo. Conta-me que o Alberto está em Petrópolis. Subimos a serra para visitar o amigo. A casa estava fechada e regressamos. Que casa estranha aquela que o Alberto chama de "A encantada". Não vejo nenhum encanto, parece coisa de modernista.

20/07/1932 — Querido Diário.
Estou morrendo de medo desse negócio de revolução. Ontem passei a noite em claro com aqueles aviões roncando no céu. Temia um bombardeio. Pradinho deu as caras na hora do jantar e disse que Alberto estava em Santos. Se for possível quero descer a serra no final da semana para rever o amigo.

Encontro em Balbec

O encanto dos velhos pioneiros é assim lembrado por Marcel Proust.

"... Subitamente meu cavalo empinou, tinha ouvido um estranho ruído, e foi com alguma dificuldade que eu o controlei e não fui jogado ao chão; eu levantei os olhos cheios de lágrimas em direção ao ponto de onde o ruído parecia vir; e eu vi, a aproximadamente umas cinquenta jardas sobre mim, à luz do sol, pairando entre duas grandes e brilhantes asas de metal, um ser cuja face indistinta parecia lembrar a de um homem. Eu me sentia tão arrebatado quanto um grego antigo pela primeira vez perante um semideus. E eu chorei, porque estava pronto para chorar a partir do instante em que percebi que o ruído estava vindo por cima de minha cabeça — aeroplanos eram raros naqueles dias — e pela ideia de que eu veria agora um aeroplano pela primeira vez. Da mesma forma que, durante uma leitura, sentimos a aproximação de uma palavra comovedora, eu esperava apenas pelo instante em que visse o aeroplano para romper em lágrimas. Mas o aviador parecia hesitar em seu curso. Eu senti que se abriam à sua frente — à minha frente, se o hábito não me tivesse feito prisioneiro — todos os caminhos do espaço, todos os caminhos da vida; ele seguiu o voo, deslizando alguns segundos sobre o mar; então, subitamente tomando uma decisão e, ganhando uma força que se opunha à gravidade, como se regressasse à sua terra natal, num leve movimento com as asas douradas, ele subiu para o céu."

Proust lembrava de Alfred Agostinelli, seu grande amor, morto num desastre aéreo em 1914.

Agostinelli aparece com o nome de Albertine nos sete volumes de *Em busca do tempo perdido*.

La Mer

Acordou sentindo-se magnífico. Olhou a praia de Santos e sorriu. O mar de inverno era severo, descolorido. Na cama ao lado, o sobrinho dormia. Devia estar muito cansado, passara a noite em claro, velando por ele.

Sem fazer ruído, saiu da cama, vestiu o robe de chambre e ficou a contemplar o sobrinho. Os traços herdados do avô eram bem visíveis. O rapaz lembrava uma foto do velho Henrique, tirada em Paris em 1870. O sobrinho se moveu e Alberto quase parou de respirar, não queria tirar o rapaz daquele sono reparador. Os últimos dias tinham sido penosos para ele.

Também se sentia muito cansado. Havia uma revolução no país, mais uma. Durante a noite, esquadrilhas de monoplanos tinham atravessado Santos. Iam bombardear São Paulo. Loucura.

A doença progredia, lenta e inexorável, e ele sabia por ela que a um homem tudo pode acontecer. O mais terrível era ter perdido o velho senso de que nada acontecia no mundo que não pudesse ser reparado, refeito, consertado. Esta certeza lhe dera forças para todas as audácias, até mesmo para as mais frívolas.

Sente fome, deseja ardentemente um bom café, bem quente, e pães crocantes. Caminha até o guarda-roupa e retira um terno de casemira, a gravata de seda inglesa e os sapatos.

O sobrinho acorda. O tio sorri e faz um gesto de que tudo está bem.

Jacquerie

O fardo é pesado demais.
O romance vai terminar.
O herói apanha a gravata e vai ao banheiro. De robe de chambre.
Ata a gravata no cano do chuveiro e faz um nó na outra ponta. Com diligência, sobe num banquinho e põe o laço em torno do pescoço.
Atira-se no espaço.

Vai como pode

Ao saber da morte do pioneiro, Louis Blériot dá o nome de Santos Dumont para o seu mais recente avião de passageiros.
O avião cai, matando o piloto.

Glória nacional

Sabe o que acontece quando você diz o nome de Santos Dumont a bordo de um desses aviões de milhões de dólares que circulam pelo Brasil?
A tripulação em peso isola batendo na madeira.
Santos Dumont!
Toc-toc-toc.

Praia do Leme, maio de 1986.

Agradecimentos

O agradecimento principal vai necessariamente para Tizuka Yamasaki, que soube derrubar as minhas objeções com tamanha determinação que não tive outro remédio.

Minha gratidão também vai para o Marco Aurélio, pela sua transbordante maneira de falar do projeto, bem como para o Wilson Solon, por ter organizado uma cronologia muito útil e detalhada sobre o inventor.

Devo muito e especialmente a Henrique Lins de Barros, do Centro Brasileiro de Pesquisas Físicas, autor de um exaustivo levantamento sobre a vida e as invenções de Santos Dumont, através do qual tive condições de elaborar o meu trabalho. Quero deixar claro que Henrique nem sempre concorda com as liberdades que eu tomo, e por certo, muito em breve, dará a sua própria contribuição em livro. Mas a sua generosidade, abrindo irrestritamente a sua pesquisa e discutindo com apaixonada minúcia cada passo do trabalho para o filme, foi absolutamente fundamental.

Márcio Souza

Este livro foi composto na tipologia
Humanist 521 LtBT, em corpo 10,5/16, e impresso
em papel off-white 80g/m² no Sistema Cameron
da Divisão Gráfica da Distribuidora Record.

Seja um Leitor Preferencial Record
e receba informações sobre nossos lançamentos.
Escreva para
RP Record
Caixa Postal 23.052
Rio de Janeiro, RJ – CEP 20922-970
dando seu nome e endereço
e tenha acesso a nossas ofertas especiais.

Válido somente no Brasil.

Ou visite a nossa *home page*:
http://www.record.com.br